ÉPITRE

A M. LE COMTE

DE MONTLOSIER,

Par un Séminariste.

> Je ne puis trouver de couleurs assez noires
> Pour en représenter les tragiques histoires ;
> Je les peins dans le crime à l'envi triomphants.
>
> P. CORNEILLE.

PARIS,

CHEZ LES MARCHANDS DE NOUVEAUTÉS.

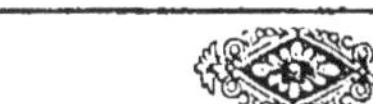

1829

ÉPITRE

À M. LE COMTE

DE MONTLOSIER.

IMPRIMERIE DE CHAIGNIEAU FILS AINÉ,

RUE DE LA MONNAIE, N° 11.

ÉPITRE

A M. LE COMTE

DE MONTLOSIER,

Par un Séminariste.

> Je ne puis trouver de couleurs assez noires
> Pour en représenter les tragiques histoires ;
> Je les peins dans le crime à l'envi triomphants.
>
> P. CORNEILLE.

PARIS,

CHEZ LES MARCHANDS DE NOUVEAUTÉS.

1829

Gresset, du fond de sa chartreuse, lançait des épigrammes contre l'indolence monastique et les ridicules de couvent; en était-il un moins honnête homme, un abbé moins estimable?

A la faible lueur de ma lampe, ma couverture tendue sur ma petite fenêtre, pour tromper l'œil toujours ouvert de mes supérieurs, je dérobe quelques heures au sommeil, et *j'habille en vers une* mordante *prose* contre ces hypocrites ennemis de l'Eglise, que l'on a tort de confondre avec les membres du Clergé. Les Jésuites, proprement dits, sont les Francs-Maçons de la religion, avec cette différence que la Franc-Maçonnerie est une institution toute philantropique, tandis que l'Ordre fondé par Loyola est ennemi né de la société. Je ne crains donc pas que la malice des partis me rende coupable à la faveur de coupables interprétations; je crains encore moins que, nouveau Martial-Marcel de La Roche-Arnauld, on m'accuse d'apostasie; et, j'en fais ici l'aveu sincère, si je cache mon nom au public, c'est plutôt par respect pour l'habit et le caractère dont j'ambitionne d'être revêtu, que par tout autre motif. Peut-être aussi mes supérieurs me reprocheraient-ils un zèle inconsidéré pour les intérêts de la religion, que les intrigues des Jésuites exposent à de continuelles attaques. Quoi qu'il en soit, j'ai cédé à une impulsion irrésistible, et si j'ai dit quelque chose dont l'honorable Clergé de France croie avoir le droit de se plaindre, je déclare que telles n'ont point été mes intentions.

Les Jésuites, que l'on a cessé de craindre en France, sont plus puissans et plus redoutables que jamais ; et je prouverais cette assertion, si des considérations particulières ne me forçaient, pour le moment, au silence........ La légereté française effleure avec rapidité les questions les plus importantes ; elle s'est amusée un moment des jésuites ; ce sujet aujourd'hui semble passé de mode, et toutes les attentions, fixées vers la Chambre nationale, semblent être détournées pour toujours d'un danger qui pourtant devient de plus en plus imminent....

J'ai adressé mon *Epître* à M. le comte de Montlosier, comme au défenseur le plus désintéressé et le plus sincèrement pieux des intérêts de la Religion et du Trône.

ARGUMENT.

M. le comte de Montlosier. — Introduction. — Iguace de
Loyola. — Fondation des Jésuites. — Ils font le tour du
Monde. — Pêche des Perles. — Ignace de Loyola et ses
Mignons.—Il défend à ses disciples la célébration de l'Office
divin., sous prétexte qu'elle fait perdre un temps précieux.
— Paul III. — Mort d'Iguace de Loyola. — Ses disciples
marchent fidèlement sur ses traces. — Le Portugal. —
Jeanne d'Albret. — Elisabeth de France. — Jésuites aux
lits des mourans. — Ils dépouillent les vieillards et les orphelins.—Dépositaires infidèles ; parjures.—Le Parlement
français.—Soulèvement de Bordeaux.—Violences des Jésuites pour accroître leur pouvoir et recruter des néophytes.
— Église enlevée par la force armée au clergé. — Persé-
cutions contre l'église réformée.—Chaires ; confessionaux.
— Prières publiques pour obtenir la mort de leurs ennemis. — Hostie empoisonnée. — Jésuites mariés.—Jésuites
eunuques. — Flagellans ; Flagellantes. — Tentatives im-
pures d'un Jésuite sur une jeune fille dans une église
même. — Dévouement exclusif des Jésuites à leur Général.
— Le Canada livré aux Anglais. — Refus des Jésuites
espagnols d'aider la patrie.—Charles IX et la Saint-Barthé-
lemy. — Henri III et Jacques Clément. — Henri IV et la
Ligue. — Barrière, Jean Châtel et Ravaillac. — Le
cœur d'Henri IV tombe au pouvoir des Jésuites. — Elisa-

ÉPITRE

A M. LE COMTE

DE MONTLOSIER.

Honneur au citoyen qu'un appel de son roi,
Qu'un cri de la patrie émeut d'un saint effroi,
Et qui, pour les venger, vole à travers l'obstacle!
Sublime Curtius, à la voix de l'oracle,
Dans l'abîme il s'élance, il meurt... et sur l'autel
De son pays sauvé se relève immortel!

Généreux Montlosier, tel brilla ton courage:
Émule glorieux des Français d'un autre âge,
De ces vieux défenseurs du plus grand des Henris,
Qui, de ce roi-soldat compagnons aguerris,

Guidés par son panache, animés par son âme,
L'auraient suivi sans peur dans un gouffre de flamme.
Tel, quand tu vis la croix, le trône et ton pays
Par d'impurs sectateurs sourdement envahis,
De ton cœur, refroidi par l'âge léthargique,
Soudain tu ravivas le feu patriotique,
Et, bravant sa vengeance, au jésuite en courroux
Ton bras victorieux porta les premiers coups [1].

Athlète triomphant, tu restes dans la lice :
En vain de Saint-Acheul un ministre complice
De sa reconnaissance (odieux attentat !)
En frappant ta vertu, déshérite l'État [2] ;
De la Société maint obscur émissaire [3],
En vain ose accuser ta piété sincère ;
D'un pouvoir avili les agens suborneurs
A ton silence en vain promettent des honneurs ;
Grondant dans mille échos ta grande voix leur crie :
« Dieu ! la religion ! le trône ! la patrie ! »
Soldat incorruptible, homme des anciens jours,
Nous t'avons entendu ! Tonne, tonne toujours !
Si Thémis un moment a fait briller son glaive,
La Congrégation, plus fière, se relève ;
Montlosier, ressaisis ton miroir foudroyant,
Découvre, atteins le monstre en son antre béant.
Moi, s'il m'est refusé de prétendre à ta gloire,
J'aurai du moins l'honneur de chanter ta victoire.
Protège cependant de ton sacré pavois

Un athlète nouveau qu'a suscité ta voix ,
Soutiens son bras débile au milieu des alarmes ,
Eclaire son courage et retrempe ses armes.

Te souvient-il des jours où ta puissante voix
Contre l'Ordre éclatait pour la première fois?
Aux Jésuites alors on refusait de croire ,
De ces jours, Montlosier, daigne écouter l'histoire.

Un bruit s'est répandu : d'abord timide et sourd ,
Il approche , il s'élève , il croît de jour en jour ;
« Ce sont eux !» C'est ainsi que la peur les annonce ;
« Ils viennent ! » Mais leur nom ? Personne ne pro-
                                        nonce
Un nom qui de la France excite encor l'horreur ,
Et déjà l'on repousse une juste terreur.
De nos sages pourtant l'active défiance
Des gardiens de l'empire instruit l'imprévoyance ;
Mais leur cœur prophétique a vainement frémi ,
En vain ils ont crié : « L'ennemi ! l'ennemi ! »
Les maîtres de l'état , loin de prendre les armes ,
Ont soudain étouffé ce premier cri d'alarmes ,
Ou , lorsque la patrie implore leur réveil ,
Rien n'a pu rompre encor leur coupable sommeil.
Cependant on s'effraie , on menace , on s'irrite ,
Et c'est alors enfin qu'un ministre hypocrite
Désavoue un péril qui déjà dans nos murs ,
Sous un voile sacré , pénètre à pas obscurs.

La peste, en exerçant sa puissance terrible,
Est plus terrible encor lorsqu'elle est invisible.
Tel, le monstre s'étend, déguisant ses forfaits;
Mais on ressent partout les funestes effets
Des désastres croissans que sur ses pas il sème;
D'un malaise inconnu l'état languit lui-même;
Et tout à coup, du sein des époux désunis,
Des prêtres déposés, des écrivains bannis,
Des vierges, gémissant dans de sacrés repaires,
Et des fils exilés de l'amour de leurs pères,
Des enfans que la peur a rendus insensés [5],
Des crédules vieillards de leurs toits expulsés,
Des mourans dépouillés et des veuves séduites,
Redoutable, un seul cri s'échappe : « Les Jésuites! »

Disciples de Jésus! Quoi! cet Ordre abhorré
Du plus doux des humains a pris le nom sacré!
Ces jaloux sectateurs, qui, dans le sanctuaire,
Sous le boisseau funèbre étouffent la lumière,
Pour mieux assujettir le peuple gémissant,
Et dans l'ombre amasser un or souillé de sang,
Qui bravent le pouvoir de leurs rois légitimes,
Qui sèment la révolte et moissonnent les crimes,
S'enivrent de vengeance, et dans leurs cœurs de fer
Couvent avec amour tous les feux de l'enfer,
Ont osé revêtir le manteau de ce Sage,
Qui marqua chez les Juifs son immortel passage
Par d'immenses bienfaits que l'on admire encor,

Et qui prêcha d'exemple et le mépris de l'or,
Et le respect au prince, et l'oubli des injures,
Et de la vérité sema les clartés pures !

Mais, sage Montlosier, avant de les bannir,
Contre eux armons Thémis d'un hideux souvenir ;
Osons interroger leurs sanglantes annales,
Que le crime effrayé nomme ses saturnales.
D'une source, où fermente un poison corrupteur,
Vit-on naître jamais un fleuve bienfaiteur ?
Non ; tout meurt sur les bords où s'égare sa course ;
Tels ces moines impurs : remontons vers leur source,
Quel fut leur fondateur ? Un affreux débauché [6],
De ses sales plaisirs par l'ennui détaché,
Qui, de ses sens blasés et de son cœur avide
Pour ranimer la flamme et pour combler le vide,
Chercha, près de la croix que souillaient ses désirs,
Et d'autres passions et de nouveaux plaisirs.
Parodie outrageuse ! exécrable folie !
A la Mère du Christ par des vœux il se lie,
Et court servir *sa dame* au tombeau de Sion [7].
Par degrés son absurde et vague ambition
Enfante un plan immense : il veut, apôtre immonde,
Dans ses obscurs filets envelopper le monde !
Sur les tréteaux de place et dans les carrefours,
De ses rudes sermons il promène le cours ;
Venise, confondant sa grossière ignorance,
Le jette en ses cachots ; mais sa persévérance,

Accusant un impie, un injuste pouvoir,
Sur les bancs d'une école un jour le fait asseoir [8] ;
Et, grotesque écolier, dans l'ennui qu'il affronte,
Aux verges d'un pédant il se livre sans honte.
D'efforts infructueux cependant rebuté,
Et par de saints romans jour et nuit exalté,
Il prêche encore, il prêche un Dieu qu'il scandalise [9],
Et l'inquisition du courroux de l'église
Le menace, et l'accable alors de nouveaux fers.
Mais, oubliant les maux qu'il a déjà soufferts,
Il marche vers Paris, où Barbe en son collége [10]
D'apôtre lui promet enfin un privilége.
Là, travaillé d'orgueil, de vertiges nouveaux,
Il cherche à détourner de leurs doctes travaux
Ses compagnons séduits par ses rêves de gloire,
Mais du classique fouet l'argument péremptoire,
Renversant tout à coup son trône de brouillard,
Vaincu, mais fier encor, le rend à son billard [11].

Des savans Jacobins il fuit l'orthodoxie [12],
Il intrigue dans l'ombre, et bientôt s'associe
Des moines défroqués, des prêtres sans aveu,
Qu'il se lie à jamais par un profane vœu :
Et Brouet et Lejay, Xavier le philosophe,
Le savoyard Lefèvre, et, fous de noire étoffe,
Et dignes assesseurs de leur fougueux patron,
Codure, Rodriguez, et l'affreux Salmeron,

Des meurtriers des rois ardent apologiste ;
Lainez, Bobadilla ferment l'infâme liste.

Par le pape bénits, mystiques charlatans,
A Venise, en français ils prêchent quelque temps[13] ;
Puis, pour consolider leur puissance précaire,
L'adroit Le Jay séduit la marquise Pescaire [14] ;
Et, du moine accueillant l'hypocrite douceur,
Hercule de Ferrare en fait son confesseur.
Que ce premier exemple eut de terribles suites !
Bientôt nous les verrons, ces perfides jésuites,
Souffler pieusement dans l'oreille des rois
Les noirs forfaits commis au saint nom de la croix.
Paul éprouve à son tour leur adresse fatale [15] :
Au crédule vieillard leur chef bruyant étale
Les statuts fastueux de la Société,
Ses vœux chastes et purs, son humble pauvreté ;
Mais lui confesse-t-il que sa ruse profonde,
Que son ambition veut le trône du monde ?
Et le Pape trompé permet à l'imposteur
D'infecter ses États de son fiel corrupteur.
Les apôtres nouveaux s'agitent ; on s'indigne,
Au gouverneur de Rome enfin on les désigne
Comme des intrigans, et des prophètes faux,
Et d'odieux fripons soustraits aux échafauds.
Mais Loyola sourit, il concentre sa rage ;
Son humilité feinte a conjuré l'orage,

Et chacun le croyait proscrit et diffamé,
Quand d'un brevet du Pape il se relève armé [16].

Les apôtres-martyrs d'abord marchent vers l'Inde,
Socotore, et bientôt Mosambique et Mélinde
Avec surprise ont vu ces moines triomphans
Prêcher la Foi par signe à leurs grossiers enfans [17].
Dans le Nord à son tour Salmeron s'achalande,
Il trouble, avec Brouet, et l'Écosse et l'Irlande,
Et, pour se dérober au courroux d'Henri-Huit,
Pressé par la terreur, l'odieux couple fuit.

Loyola, cependant que faisiez-vous à Rome?
Pour charmer vos loisirs, aux autels de Sodome
On vous voyait guider vos pieux compagnons,
Et le peuple à grands cris réclamait vos Mignons.
Et pourtant ces périls, ces craintes, ces traverses
Etaient loin d'entraver vos machines perverses,
Au grand jour paraissaient vos Réglemens fameux [18];
Vous, assassin des Juifs, vous proscriviez comme eux
Du sang de Jésus-Christ l'auguste sacrifice;
« On perdait, » disiez-vous, « à ce futile office,
« Des heures qu'appelaient des soins plus importans.»
Ah! vous avez trop bien connu l'emploi du temps.

A Padoue, à Louvain, grâce à ses sortiléges,
La Congrégation élève des colléges,
En Allemagne, opère un prodige inoui [19];
De ces succès nouveaux le Saint-Père ébloui

Confirme, bénit l'Ordre, et la bulle de Rome [20]
Soumet à Loyola tout ce qu'habite l'homme.

Alors, et surpassant tous les maux qu'il a faits,
Car ses pas sont depuis comptés par des forfaits,
A ses vastes désirs il ne met plus de borne,
Il s'élance, il se glisse, il menace, il suborne,
S'empare des bûchers de l'inquisition,
Grandit sur les débris de la religion,
Et, brandissant le fouet qu'au Sauvenr il dérobe [21],
De son manteau sinistre il entoure le globe.
Et, quand il a comblé ses avides recors
D'infamie et d'honneurs, de crimes, de trésors,
Dans l'horreur et l'amour, roi de treize *Provinces* [22],
Il meurt, et son cercueil est porté par des princes.

Armés de son esprit, ses fidèles suppôts
Fécondent de sa loi les statuts principaux :
Tout en les baptisant, de leurs cathécumènes,
En Afrique et dans l'Inde, ils pillent les domaines;
Dédaigneux de leurs frocs et de leurs chapelets [23],
La perle de Cochin enrichit leurs filets;
Au Japon, au Brésil, ils rendent des oracles [24],
Adressent en Europe un ballot de miracles [25],
Usurpent à Lisbonne un crédit colossal,
Font descendre Philippe au rang de leur vassal [26],
Et, pour lui conserver la Navarre envahie,
Accusant les vertus de sa reine trahie,
Promettent les d'Albret à l'inquisition.

Elisabeth trompa la Congrégation ;
Mais Ignace avait dit : « Malheur au téméraire
« Qui, croyant sur un trône à mon bras se soustraire,
« Oserait me priver d'un crime ! Mon poignard,
« Découvert ou caché, l'atteindra tôt ou tard ! »
Ses fils l'avaient redit ; et, la huitième année,
Les Espagnols pleuraient leur reine infortunée.

Sur les arides bords qu'entrevoit le forban,
Et jusque dans le sein des forêts du Liban,
Quand, parmi ces déserts dont elle fut la reine,
Parfois une panthère, expirante, se traîne,
Tout à coup, des vautours, que l'œil épouvanté
N'avait pas vus encor d'un vol précipité,
Des bouts de l'horizon, accourent pleins de joie,
Et fondent en criant sur leur mourante proie.
Du sectateur d'Ignace, aux aguets du trépas,
Tels, dans la paix des nuits, ont résonné les pas,
Vers la couche lugubre où la vieillesse expire ;
Ghôle mystérieux, hypocrite vampire,
Il montre à la douleur la crainte et le remord,
Tourmente l'agonie, et dépouille la mort ".

De combien d'orphelins l'enfance déplorable
Assiége des couvens l'enceinte inexorable !
De combien de vieillards les cris accusateurs
En vain de leur ruine implorent les auteurs !

Ici, la bonne foi, la loyauté punie
Réclame le dépôt que l'Ordre lui dénie ;
Et, la main sur la croix, un Jésuite espagnol
Consacre fièrement le parjure et le vol ;
Là, du crime d'un moine enchaînant le mystère,
Un cachot engloutit sa victime adultère [28].

Paris les a revus ; ils bravent son clergé ;
Mais, malgré leurs clameurs, le bon droit est vengé :
L'illustre Parlement, infatigable Hercule,
Frappe, frappe toujours cette hydre qui recule ;
Et livre aux feux ardens du flambeau de Thémis [29]
Ses mille dards gonflés de poisons ennemis.
Cependant c'est en vain que son bras le mutile,
A ses coups dérobé, l'audacieux reptile
Bientôt surgit dans l'ombre, allonge ses anneaux,
Et le crime, avec lui, rouvre ses arsenaux.

Des moines turbulens qui l'avaient égarée
Le Parlement croyait la France délivrée,
Quand d'un forfait nouveau le fracas des boulets [30]
Les accusa, lugubre, aux remparts bordelais.
Indomptables Protée, un pays les exile,
Dans un autre pays ils trouvent un asile :
Invisibles, présens, des palmiers africains
Aux monumens épars du pouvoir des Tarquins,
On les voit parcourir l'hérétique Allemagne,
L'orgueilleuse Albion, la Pologne, l'Espagne,

Surtout les bords aimés du dévôt Portugal,
Où toujours d'un monarque un moine fut l'égal.

Ici, pour envahir l'autorité suprême,
Ils s'adjoignent le peuple et les tribunaux même ;
Et lorsqu'un homme libre à leur chef irrité
Refuse d'asservir sa mâle intégrité ,
La persécution effrénée, implacable [31],
D'affronts et de douleurs incessamment l'accable :
Moine, on le met aux fers ; prêtre, il est interdit;
Simple chrétien, du temple on l'exile maudit;
A ses fils, du baptême on refuse l'eau sainte ;
Mourant, l'hymne d'adieu ; mort, la dernière en-
ceinte.
Là, si pour soulager dans leurs vastes travaux
Ses *Assistans* pressés de soins toujours nouveaux [32],
Si, pour administrer ses *Provinces* accrues,
Le *Général* de l'Ordre impose des recrues [33],
Alors tous les moyens leur sont indifférens :
Ils enrôlent des fils soustraits à leurs parens ;
Et qui des enchanteurs fuit la trompeuse amorce
Au foyer paternel est ravi par la force.
Ils convoitent ce fief ou ce droit du clergé,
Par de vils magistrats il leur est adjugé ;
Il faut pour un *Recteur* telle riche abbaye [34],
La Congrégation est soudain obéie ;
Et par le poids des ans des moines épuisés

Meurent loin des tombeaux qu'eux même avaient
creusés.

A mon aide, Erynnis! Je redis cette église [35]
Que de l'histoire en deuil l'horreur immortalise.
Voyez vous, à l'autel, ce prêtre aux cheveux blancs,
De la divine hostie armant ses doigts tremblans,
Tandis que, rugissant le blasphême, un Jésuite
A la horde en fureur qu'au rapt il a conduite,
(Le jour sembla, dit-on, fuir le temple souillé)
« Feu ! » dit-il; et, rapide, un éclair a brillé.
Effleurant le ministre interdit, mais sans crainte,
La balle, sur l'autel, va briser la croix sainte ;
Et soudain, pour répondre à ce crime impuissant,
Vingt sabres du vieillard ont demandé le sang.
Mais le ciel à leurs coups déroba la victime.
Du temple cependant pontife illégitime,
Le Jésuite, hideux et de joie et d'orgueil,
S'élève au tabernacle environné de deuil,
Prêche ses alguazils, apôtres militaires,
Et du Dieu de la paix célèbre les mystères.

Mais, contre les Chrétiens par Luther réformés,
D'un courroux plus cruel leurs cœurs sont animés :
Voyez-les, altérés du sang des hérétiques,
Attiser d'un tyran les fureurs fanatiques [36],
Torturer, par ses mains, dix-huit mille Flamands,
Lâches, les insulter sur leurs bûchers fumans,

Dénoncer la douleur de leurs veuves plaintives,
Et dans d'affreux cachots les entraîner captives.
Voyez de ces brigands le tribunal pervers
Mutiler une épouse, et, de ses flancs ouverts,
(Supplice ingénieux ! fureur inassouvie
Qui prévient le trépas, et devance la vie !)
Arracher des lambeaux non encor animés,
Et les jeter sanglans à des chiens affamés ;
Dans la tombe (et l'Histoire en frémit d'épouvante)
Plonger, avec son fils, une mère vivante !
Tandis qu'à la lueur des nocturnes flambeaux,
Profanant sans remords l'asile des tombeaux ,
Leurs Séides chassaient du fond des mausolées,
Des morts, tout chargés d'ans, les ombres désolées,
Et, de destruction vampires enivrés,
Frappaient d'une autre mort leurs ossemens sacrés.

Eh ! que respecteraient d'impudens réfractaires
Qui proscrivent la Cène et ses divins mystères ?
Prêtres de Jésus-Christ, ils osent du saint lieu,
Farouches, exiler la parole de Dieu ;
Du Dieu de l'Evangile ils transforment la chaire
En tribune exécrable, où sont mis à l'enchère
Les forfaits impunis et les faveurs du Ciel ;
Où leur bouche perfide, écumante de fiel,
Du fanatisme aveugle enseignant les maximes,
Aux sicaires bénits désigne leurs victimes !
Dans le secret asile, où viennent retentir

Les cris de la douleur, l'accent du repentir,
Ils ouvrent une école, ou l'enfance novice
S'épouvante au récit des mystères du vice;
Appellent l'innocence à ces noirs tribunaux,
Profanes ateliers de piéges infernaux;
Et la séduction, au jeune âge inconnue [37],
Dans les cœurs fascinés lentement s'insinue.
Et si de la vertu quelque ardent défenseur
De leurs âmes de fer accuse la noirceur,
De la religion, si, pour venger la cause,
Un courageux évêque à leur torrent s'oppose,
De la foule imbécile un hymne solennel [38]
Demandera soudain sa mort à l'Éternel,
Ou d'un prêtre vendu l'hostie empoisonnée
Punira la victime un instant soupçonnée...

Ah! s'ils ont pu combler ce sacrilége affreux,
Les saints nœuds de l'hymen que seront-ils pour eux?
Dans le cœur des époux ils jettent le désordre;
Un moine a dépouillé les insignes de l'Ordre [39],
Par ses feintes vertus un vieillard est séduit,
Sa fille est la victime; au temple il la conduit,
Et la religion, consacrant l'hyménée,
Livre au Jongleur cruel sa proie infortunée [40].
A peine au chaste autel s'éteignait le flambeau,
La vierge et le vieillard dormaient dans le tombeau.
Par ce premier succès, inspirée, enhardie,
Trois fois un prêtre encor bénit sa perfidie :

Ses épouses mouraient, et, prévenant l'écueil,
Il plongeait leurs parens dans le même cercueil.

Dieu ! contre des enfans dirigeant leurs poursuites,
Quels infâmes bourreaux...? Que vois-je? les Jésuites !
Les Jésuites, armés de scalpels assassins [41],
Et dégradant leurs clercs pour en faire des saints !

Dans leurs processions quels horribles scandales !
Surpassant des Croisés les horreurs féodales,
Des satyres chrétiens, jésuites déhontés,
Étalent, tout meurtris, leurs membres effrontés ;
Et, dans leurs rangs impurs, des vierges ingénues,
Des matrones en deuil s'agitent demi-nues,
Et, s'exposant sans peur aux regards insolens
Livrent leurs faibles corps aux fouets des Flagellans [42]!

Mais, un crime plus grand, dont mon vers inflexible
Ose à peine aborder le souvenir horrible !
Un sectateur d'Ignace, au culte saint voué,
A la face du Dieu dont il s'était joué,
Au pied de ses autels, et bravant son tonnerre,
Veut, d'une autre Suzanne, amant sexagénaire [43]...
Et, calme et fier, répond : « C'est la première fois. »
Aux témoins de son crime, éperdus et sans voix !

Quand Dieu n'est rien pour eux, d'égoïsme pétrie,
Leur âme pourrait-elle aimer une patrie ?

— Dès qu'on a pénétré dans leur antre infecté,
A l'esprit infernal de la Société,
Frénétique victime, aussitôt on se livre ;
De cet antre magique où l'athmospère enivre,
Ainsi que du Tartare, on ne revient jamais;
Et dans le chef de l'Ordre on voit tout désormais :
Son prince, son pays, son père, son épouse ;
De ses seuls intérêts avec fureur jalouse,
Sans regret l'âme immole à ce chef suborneur
Vertus, affection, lois, innocence, honneur.
Ce chef, pour le venger de la France ennemie,
D'un parjure exécrable embrassant l'infâmie,
Aux Anglais, que, la nuit, son fanal seconda,
Le jésuite Biard livre le Canada [44].
L'Espagne, qui l'avait dès long-temps enrichie,
Pour l'honneur de son peuple et de sa monarchie,
De la Société réclame le secours,
Et ces vils citoyens, prodigues de discours [45],
Au monarque indigné proposent des ressources
Qui du bonheur public fermaient toutes les sources,
Et devaient, répondant à leur secret dessein,
Détourner, concentrer le pouvoir dans leur sein.

Le pouvoir! c'est le but de leurs efforts suprêmes.
Et leur ambition prétend que les rois mêmes,
Humbles *Coadjuteurs*, dociles instrumens [46],
Baissent un front soumis devant leurs mandemens.
Du sanglant Charles-Neuf ils exaltent la gloire;

Son massacre est pour eux un acte méritoire
Qui, dans le saint conseil des monarques pieux,
Auprès de Constantin, lui doit ouvrir les Cieux [47] ;
Car des bûchers bénits qu'alluma leur colère
Ravivant, à leur voix, la flamme séculaire,
Ce royal assassin de ses propres sujets,
Des fils de Loyola servit les noirs projets.
Le bigot Henri-Trois fut aussi leur idole,
Tant que d'un carnaval ordonnateur frivole,
Et fêtant ses mignons, sa maîtresse et les saints,
Il rampa sous le joug de ces fiers capucins ;
Mais du jour qu'il s'arma d'un courage énergique,
Et qu'osant faire pacte avec un hérétique
Il voulut être roi, — la Congrégation
Dévoua le transfuge à l'exécration.
Elle dit ; Clément s'arme, et le monarque tombe ;
La rage des Ligueurs lui refuse une tombe,
Et, du fer régicide épouvantant l'autel,
Chante de l'assassin le trépas immortel.

Aux rois qui lui voudraient opposer une digue
Malheur ! — Entendez-vous, aux autels de la ligue,
Ce moine s'écrier, de fureur écumant :
« Il nous faut un Aod ! il nous faut un Clément ! »
Et, mêlant à la Cène une horrible magie,
Du père des Bourbons il brûle l'effigie [48].
Lui vendant leurs sermens et leurs frères trahis,
Au monarque espagnol ils livrent leur pays ;

Irrités des bienfaits du sublime Henri-Quatre,
Lorsque, roi dans Lutèce, il les pouvait abattre,
Ils poussent contre lui Barrière et Jean-Châtel ;
Ravaillac, plus heureux, lui porte un coup mortel ;
Et quand la mort du prince a comblé leur vengeance,
D'un deuil trompeur masquant leur atroce exigence,
De l'auguste victime ils réclament le cœur [49] ;
Et, dans le char, témoin de leur forfait vainqueur,
Tigres inassouvis, ils l'emportent, le pressent,
Et d'un nouveau forfait lentement se repaissent.
— De son trône agrandi, la fière Elisabeth [50],
Sans son génie actif, sous leurs poignards tombait,
—Jacque et ce Parlement, honneur de l'Angleterre[51],
Sur leurs foudres, cachés dans les flancs de la terre,
Dormaient... lorsque le Ciel, que ce crime outra-
                                    geait [52],
Soudain fit échouer leur infernal projet :
—Et c'est encore au nom du Dieu de la clémence
Que du vil Jaureguy la barbare démence [53]
Fit du prince d'Orange un autre Sisara.
—Cet exemple fatal à Pane suggéra [54]
Contre le nouveau prince un transport homicide ;
Mais Maurice évita le poignard régicide ;
Et Pane, en succombant, bravait le repentir,
Et disait : « Anges saints, recevez le martyr ! »

C'est surtout quand d'un Pape ils rencontrent
                                    l'obstacle

Que leurs fureurs au monde offrent un grand spec-
tacle.
Plein d'un juste courroux, Sixte-Quint leurs pres-
crit [55]
De ne profaner plus le nom de Jésus-Christ.
Il les flétrit du nom de sectateurs d'Ignace;
Mais les *Ignaciens* méprisent sa menace,
Et déguisent leur rage, en cette extremité,
Sous le voile des pleurs et de l'humilité.
Les temples à leur voix s'ouvrent ; la Compagnie,
Pour punir Sixte-Quint, crée une Litanie,
Et l'illustre pontife expire empoisonné.
Et depuis, on entend le Romain consterné,
Quand d'un vertueux Pape on sonne l'agonie,
Murmurer : « Loyola chante sa Litanie. »
— S'opposant en égide à leurs coups désastreux,
Clément-Huit fulminait une bulle contre eux [56],
Mais, la veille du jour où sa foudre sacrée
Dut les anéantir, — tout à coup égarée,
Elle tomba sans bruit, et son feu dévorant
S'éteignit dans les mains du vieillard expirant.
C'est que de Loyola les hordes réunies
Avaient encor chanté leurs grandes Litanies.
— Tantôt, dans la révolte on les voit plus hardis,
Braver ouvertement le sage Innocent-Dix [57];
Tantôt de Clément-Neuf leur fureur dérisoire [58]
Repoussant, outrageant le saint réquisitoire,
Et s'arrogeant des droits qu'on ne peut envahir,

Proclame qu'au pontife on doit désobéir,
Que sa mître est souillée, et sa crosse ternie,
Et, comblant sa démence, enfin l'excomunie.

Mais jetons le rideau sur ce hideux passé,
Où le forfait du chef fut souvent surpassé
Par celui du Séide, — Et, vengeurs légitimes,
Du présent qui menace osons nombrer les crimes.

Plus d'un ambitieux, tartuffe courtisan,
De l'abeille et des lis mobile partisan,
Et du camp monastique hypocrite vigie,
Du jésuite moderne a fait l'apologie;
D'obscurantisme empreints, ses pamphlets furibonds
L'ont proclamé l'appui du Ciel et des Bourbons;
Ah! d'un tigre féroce un tigre seul peut naître,
Et toujours le disciple a le cœur de son maître,
Et de ses passions s'exalte et se nourrit;
Un Jésuite, en un mot, hérite de l'esprit
Qui du farouche Ignace agita l'âme impure,
Et s'il a désormais recours à l'imposture,
Si de dehors pieux il pare sa noirceur,
Pour tromper les regards du vertueux censeur,
D'Ignace il n'a pas moins l'ambition avide,
Comme Ignace égoïste et comme lui perfide.

Oui, de son fondateur dépouillant le manteau,
Dans la France nouvelle il erre incognito :

Vers le conseil royal , sous le frac d'un ministre ,
On le voit se glisser , maigre, pâle, sinistre ;
On l'entend , lourd ventru , parmi nos députés ,
Hurler incessamment contre nos libertés ;
Tantôt d'un archevêque il promène la crosse ;
Pair, il roule , enfoncé dans un pompeux carrosse ;
Parfois il envahit le siége du cocher :
Et là , du grand seigneur le faquin veut trancher ,
Et , dans le Luxembourg , en attendant son maître,
Lit François Lamennais ou bien Joseph de Maistre.
Commis, du ministère il garnit les bureaux ;
Dur geôlier, il menace au travers des barreaux ;
Et, stupide horloger, plus vil de règne en règne [59],
D'un bigot écusson il salit son enseigne ;
Quelquefois le mousquet du gendarme brutal
Résonne dans ses mains, près du billot fatal,
Et Saint-Denis contemple, en sa sanglante voie,
Son œil étincelant d'une barbare joie ;
Et , jusque dans l'armée, en imberbe officier,
Il brandit gauchement un inutile acier.
C'est à ses crimes seuls qu'on le peut reconnaître.

Soutiens, soutiens ma voix, Montlosier, ô mon
maître ,
Car je vais signaler , horribles, seuls et nus,
Des forfaits jusqu'alors à nos yeux inconnus.

Lorsqu'agité longtemps de fortunes diverses,

Qui le virent toujours plus grand que ses traverses,
Par l'arrêt tout puissant du fier Ganganelli [60].
L'Ordre de Loyola fut enfin affaibli,
Pressentant désormais sa chute inévitable,
Il puisa dans sa rage une force indomptable,
Et voulut rendre au moins son trépas effrayant;
Sur les vagues du Nord, tel, le poisson-géant
Aux fils audacieux de la froide Scanie
Fait surtout redouter sa bruyante agonie.
Tel, reptile vaincu, l'Ordre de Loyola
Mordit, en succombant, le pied qui le foula,
Et cria, plein d'orgueil : « Je tomberai sans doute,
«Mais que, vainqueur d'un jour, mon ennemi redoute
«Mes dernières fureurs, à mon dernier moment! »
Et déjà périssait le vertueux Clément.
La vengeance de l'Ordre était mal satisfaite,
D'autres crimes devaient illustrer sa défaite !
Le Portugal voulut le frapper à son tour,
Et son généreux chef expia sans retour [61],
Sa royale prudence et son patriotisme,
Et son mâle courroux contre le fanatisme.

Charles, un même sort menaça ton aïeul,
Comme le crocodile, à l'ombre du glaïeul [62],
Se glissant à pas sourds vers sa proie endormie,
La main d'un assassin, par Ignace affermie [63],
Du monarque, dans l'ombre, allait verser le sang;
Le Parlement soudain s'éveille bondissant [64],

Rugit; — mais tout à coup le monstre qu'il terrasse
Se plonge dans le Nil en dérobant sa trace.

C'est maintenant surtout qu'au sein de nos climats
De cet Ordre invisible il faut suivre les pas.

Vers les champs du Vénède et les neiges du Scythe [65]
D'abord réfugiés, un pouvoir illicite
En France conserva ces sectateurs ardens;
O seigneurs insensés ! ô prélats imprudens !
Vous deviez expier bientôt votre faiblesse!
Par l'Ordre conseillés, le clergé, la noblesse
S'isolent du monarque et de la nation;
Et, grosse de malheurs, la révolution
Va les envelopper dans son courroux immense.
Le Roi-Martyr tombé, le carnage commence.
Cependant qu'au hasard la mort lançait sa faulx,
Lentement surgissait, autour des échafauds,
L'hydre d'Ignace... On vit de hideux sans culottes
Qui, du bonnet sanglant recouvrant leurs calottes,
Recrutaient des bourreaux pour la Société...
Et quand un conquérant au trône fut monté,
De l'Aigle Impériale adorant le cortége,
Le hibou s'écria : « Que le Ciel te protége! »
L'Aigle le dédaigna, l'Aigle tomba des cieux [66].
La trahison vengea ces moines factieux
Qui, du soleil couchant précipitant la chute,
Du Louvre et de Hartwel terminèrent la lutte [67].

Sous son règne en espoir, recouvrant tous leurs droits,
Ils rendirent son trône au descendant des rois ;
Mais quand au roi de France ils vinrent sous l'étole [68],
Du proscrit de Hartwel réclamer la parole,
Et que de la patrie à leurs désirs pressans,
Sage, il eût opposé les troubles trop récens,
Leur courroux désormais ne connut plus de bornes ;
Ils maudirent Louis : les uns, tristes et mornes,
Prédirent des malheurs aux dévots consternés ;
Les autres, du pouvoir ennemis acharnés,
Comme ils avaient damné le vénérable Pie
Qui « jadis consacra le règne de l'impie »
Au Pacificateur, en maint horrible écrit [69],
Prodiguèrent les noms d'Attila, d'Anté-Christ.
Ils avaient, dans ses fers, immolé Bonaparte [70],
Et, contre le pur sang de l'auteur de la Charte,
Ils osèrent encor tramer de sourds complots :
Ce même drapeau noir, réfléchi par les flots
Qui battent vainement le roc de Sainte-Hélène,
De ses replis sacrés voilà la cité-reine.
Blessé profondément, le lis du bon Henri
Chancela sur sa tige ; — et la mort de Berry,
Qu'annonçaient dès longtemps les prophètes jésuites,
De ces lâches Pythons ranima les poursuites ;
Et, de tant de malheurs Louis, découragé,
Les laissa, chaque jour, envahir son clergé.

Du pouvoir cependant à leurs mains souveraines

Villèle, le premier, abandonnant les rênes [1];
Devant leur froc, tout prêt à les envelopper,
Le premier, il apprit aux Français à ramper.
Le vaisseau de l'Etat, entr'ouvert par l'orage,
A peine respirait des terreurs du naufrage,
Quand un pirate accourt, protégé par la nuit,
Et par la trahison jusqu'à nous est conduit;
Le poignard à la main, il s'agite, il menace,
Et la France a revu le fantôme d'Ignace.

Ainsi, dans ce trésor des bardes d'orient,
De récits merveilleux labyrinthe attrayant,
Un pêcheur, qui, du sein des flots et de la brume,
Venait de soulever ses filets blancs d'écume,
En vit tomber une urne au fond de son esquif;
Il s'élance, il l'entr'ouvre, et son regard craintif
Y plonge..... tout-à-coup un bruit sourd s'en élève,
Triste comme le vent qui gémit sur la grève,
Le pêcheur a frémi, son poil s'est hérissé,
De l'urne un second bruit s'est alors élancé.
« Ouvre : depuis cent ans je languis dans cette urne,
« De Phyngary déjà s'enfuit le char nocturne [2],
« C'est l'heure où disparaît mon cruel ennemi;
« Vieillard, chasse l'effroi de ton cœur raffermi,
« Ouvre, et mille trésors paîront ma délivrance »,
Du sordide pêcheur la coupable espérance
Délivra l'être immonde; et, de l'airain trompeur,
Par degrés s'élevant en épaisse vapeur,

Un Génie apparaît, nain bisarre et difforme ;
Puis, d'instans en instans, agrandissant sa forme,
Il se dresse, et bientôt c'est un vaste géant,
A la tonnante voix, au regard foudroyant ;
Et, devant ce regard qui glace son courage,
Le pêcheur pâlit, tombe, et maudit son ouvrage.

Ainsi, lorsque Villèle aborda le pouvoir,
D'un fidèle sujet trahissant le devoir,
Il porta son orgueil vers le trône de France ;
Avide, il embrassa la trompeuse assurance
Que lui soufflaient, du fond de leur obscurité,
Les mirmidons rampans de la Société,
Et, cédant à l'attrait d'une éloquence adroite,
Enfin les dégagea de leur prison étroite.
Mais lorsqu'à la faveur de leurs manteaux sacrés,
Il les vit s'élevant, s'étendant par degrés,
S'avancer, pleins d'orgueil, vers le pouvoir suprême,
De leur grandeur rapide il s'effraya lui-même,
Sans doute redoutant qu'un jour ces fiers proscrits
Ne s'accrussent encor sur ses propres débris.

Et pourtant, s'il s'arma contre eux de défiance,
On ne les vit pas moins se jurer alliance,
Contre la France unir leurs noirs ressentimens,
Et de la liberté saper les fondemens.

Les uns chez nos prélats humblement se glissèrent,
Dans leurs cœurs effrayés, perfides, ils versèrent

Un faux zèle, ennemi de la religion :
Fruits sacrés, que porta la révolution,
La chute des prévôts et des bourreaux occultes,
Le vaste enseignement, la liberté des cultes,
Et les élections, la presse et le jury,
Et la Charte, en un mot, à maint pasteur aigri,
Dépeinte avec horreur, réveilla ses angoisses,
Et l'ardent fanatisme agita les paroisses.
Ils armèrent la croix contre les citoyens,
Ils fermèrent l'église à des convois chrétiens,
Et, de leurs attentats sacrilége complice,
Franchet contre la mort fit marcher sa milice ;
La tombe avec effroi tressaillit sous leurs pas.
Poursuivant la vertu , même dans le trépas,
Ces vandales, tout fiers de leur lâche victoire,
Sur des cercueils muets insultèrent la gloire.
Tels, ils vous ont proscrits, Foy, Laroche-Foucauld,
Et toi, qu'osa flétrir un vil Cimbre, un Foucauld,
O nouveau Marius ! — Vous, victimes obscures,
Dont la tombe inconnue a subi leurs injures.
— Consolez-vous du moins, ô mânes éperdus ;
De l'illustre d'Arnault et de Jansénius
Jadis on vit aussi les tombes insultées,
Car toujours les vertus furent persécutées.
Aux dogmes vénérés qu'enseigna Jésus-Christ,
A son culte sévère, à son sublime esprit
Substituant encor d'ignobles jongleries,
On les vit, pour leur camp, lever des confréries ;

Au faîte de l'audace ils étaient parvenus :
Dans leurs processions on vit des glaives nus [73];
Menaçans, ils disaient : « Des armes temporelles
« Osons, comme autrefois, appuyer nos querelles. »

D'autres, contre le peuple à Paris échouans,
Aux assassins de Nisme, aux féroces Chouans
S'en furent rappeler leurs vieilles saturnales,
Et de saint Loyola les fêtes patronales,
Des intérêts de l'Ordre, au nom du Ciel, vengeurs,
Charlatans brevetés, ces prêtres voyageurs
Allèrent au pays des antiques trouvères [74]
Vendre des chapelets et planter des calvaires,
Des saints orviétans déployant l'appareil
Aux avides regards de ces fils du soleil,
Qui, déjà pleins des feux dont le Ciel les dévore,
Revenaient du sermon plus exaltés encore.
Tantôt, si d'un nuage, aux feux mourans du jour,
Un reflet fantastique éclairait le contour,
A la foule, accourue à ce nouveau spectacle,
Ils criaient : « A genoux ! adorez le miracle ! »
Et l'Ordre fulminait contre Rome indigné :
Rome avait détrompé les dupes de Migné.
Ils faisaient plus encore ; et leur effronterie
Quelquefois invoquait la fantasmagorie :
Au milieu des pétards, tout-à-coup triomphans,
Ils figuraient l'enfer aux femmes, aux enfans;
Et, dans des tourbillons de flamme et de fumée,

Surgissant aux regards de la foule alarmée,
Ils criaient, fiers Satans, terribles Astaroths,
« L'enfer aux franc-maçons ! l'enfer aux libéraux !»
Tantôt, dans les hameaux, ces dévots empiriques
Au grossier villageois vendaient des spécifiques,
Des lettres de Jésus, de saintes oraisons,
Propres à tous les maux, dans toutes les saisons.
Enfin, hardis jongleurs, ils exploitaient la France,
Et laissaient, pour de l'or, des croix et l'ignorance.

De la Société les chefs, moins plébéïens,
Des marquis émigrés, des seigneurs vendéens
Vêtirent le long frac, la mesquine épaulette,
Le cicile orgueilleux et l'antique amulette [75],
A la Cour, dans le Louvre et dans Saint-Cloud er-
rans,
Autour de Charles-Dix ils pressèrent leurs rangs,
Et, réclamant pour Dieu le prix de leurs services:
« Prince, » lui dirent-ils, « Il faut que tu sévisses
« Contre un parti puissant qui menace l'autel,
« Et que de Loyola le phénix immortel,
« Aux flammes des bûchers renaissant de sa cendre,
« Sur ce trône pieux daigne enfin redescendre. »

Mais ce pouvoir, objet de leur ardent désir,
Ce sceptre universel, pour le mieux ressaisir,
Montlosier, c'est surtout contre la faible enfance
Que de leur politique ils dirigeaient l'offense ;

Car, naïve et candide, et vierge de soupçons,
Elle écoute sans peur de funestes leçons ;
La cire, sous les doigts, est moins qu'elle docile,
Au souffle du zéphyr, tel un flambeau vacille.
Ils se ressouvenaient que ie peuple ignorant,
Du temps de Charles-Neuf et de Louis-le-Grand,
Par leurs soins façonné dès l'âge le plus tendre,
N'invoquait point des droits qu'il ne ne pouvait com-
                                        prendre,
Saluait en tremblant le glaive des prévôts,
Sur tout ce qu'il voyait fermant des yeux dévots,
Du froc licencieux Ɪedoutait de médire,
Et payait au tyran les impôts sans mot dire.
Les Jésuites pleuraient ces beaux jours révolus
Des moines tout puissans et des rois absolus,
Et, jaloux d'arracher les fils de ce jeune âge
Au vaste entraînement d'un siècle qui surnage,
Autour d'eux ils dressaient leurs piéges clandestins,
Et l'antique férule et les ignorantins.

Oui, c'est l'enseignement qu'assiégeaient leurs at-
                                        taques.
Si nos regards osaient plonger dans ces cloaques,
Où des maires obscurs, des préfets, des recteurs
Croupissent les projets, les complots corrupteurs,
Combien y verrions-nous de complaintes funèbres
Contre le jeune essor des écoles célèbres
Où, disciples sans crainte, et sans haine rivaux,

Eux-mêmes des enfans président leurs travaux !
Que de réflexions pieuses et morales !
Combien de mandemens, de lettres pastorales,
Qui, de l'instruction accusant les bienfaits,
Parcouraient nos cités, par l'ordre des préfets !
Que d'employés bannis, et de fonctionnaires
Qui, pour avoir frustré l'espoir des séminaires,
Où leurs fils au barbier étaient déjà promis,
Eurent à déplorer leurs vieux jours compromis !
Là, nous verrions encor des sous-préfets, des maires,
Du pain de la pitié priver de pauvres mères
Qui, craignant pour leurs fils de bigots magisters,
Les avaient mieux aimés ignorans que pervers.
C'était trop peu : du haut des chaires fanatiques,
Sans relâche, hurlant de saintes philippiques,
Les Catons en surplis du mode mutuel [76]
Sur Lancastre appelaient la colère du Ciel ;
Et, dans son tribunal, le confesseur rigide,
Lorsque de ses conseils on réclamait l'égide,
Nouvel inquisiteur : « Quoi ! vos fils, » disait-il,
« De cette école impure affrontent le péril !
« C'est de l'impiété le réceptacle insigne !
« De l'absolution, non, vous n'êtes pas digne ! »
Et si vous promettiez, en docile chrétien,
De livrer vos enfans au fouet ignacien,
Satisfait désormais de votre repentance,
« Allez, vous disait-il, mais faites pénitence. »
D'autres, plus furieux, exilaient du saint lieu

Le convive à genoux à la table de Dieu.
Enfin, pour renverser les écoles nouvelles,
Ils n'ont oublié rien ; — Et, contre les rebelles
Epuisant tour à tour leurs foudres impuissans,
De leur rage au Seigneur, ils ont offert l'encens.

Maintenant, pénétrons dans ces doctes asiles
Où les doux Loriquets et les humbles Basiles,
D'un libre enseignement ces sombres détracteurs,
Du savoir et du bien éclairent les hauteurs.
Cherchons par quelle voie inconnue et parfaite
De l'éducation ils atteignent le faîte ;
Car, « Eux seuls, disent-ils, par de secrets moyens,
« Forment les saints pasteurs et les bons citoyens. »
En entrant dans ces murs, Dieu ! quels tristes pré-
                                        sages !
Je vois des yeux hagards, de lugubres visages,
Des jeunes gens en deuil qui, muets, isolés
S'évitent ; — On dirait ces spectres désolés
Que le remords poursuit dans les bois de l'Averne...
Et, telle est cependant la loi qui les gouverne,
Leur rigueur a proscrit avec d'amers dédains
Tous ces attachemens qu'ils appellent mondains.
A leurs yeux, l'amitié, ce charme qui console,
Ce pur bienfait du ciel, est un transport frivole,
Souvent père du vice, et comme lui maudit.
« Aimez-vous tendrement, » Jésus-Christ l'avait dit,
Et pourtant, dans ces lieux, un silence farouche

Glace l'élan du cœur expirant sur la bouche ;
Et, du nom de réserve à son tour revêtu,
L'égoïsme triomphe et s'érige en vertu.

Mais d'où vient leur pâleur ? Pourquoi ces fronts
                              livides,
Où la mort semble errer sous de précoces rides ?
« Tel est, l'ignorez-vous ? l'effet du nénuphar, »
Répond, en souriant, cet odieux cafard.
— « Eh quoi ! vous leur versez ces filtres délétères ?
— « La chasteté prescrit ces rigueurs salutaires.
« Nous prévenons le mal : l'excès de la santé
« Peut allumer le feu de la lubricité ;
« Et puis, cette pâleur, cette faiblesse sainte
« Des méditations semblent porter l'empreinte,
« Tandis que l'incarnat d'un visage vermeil,
« Fruit de l'intempérance ou d'un lâche sommeil,
« N'inspirent bien souvent qu'une gaîté profane ;
« Et qu'importe à nos yeux que la rose se fane,
« Si, trompant du zéphyr le rapide larcin,
« Ses parfums sont plus doux, recueillis dans son
                              sein ?
« Tel, en ces lieux, privé du faux éclat du monde,
« Un corps qui semble éteint couvre une ame féconde ;
« D'une vaine beauté dédaignant les dehors,
« Telle l'étude en soi concentre ses trésors. »

— Ainsi, vous prétendez, armés de ce dictame,

Donner un frein aux sens et des forces à l'ame.....
J'admire cet effort de zèle et de raison.
Insensés ! à vos clercs, avec ce froid poison,
Vous versez une lente et morne léthargie,
Et de leur ame encor s'accroîtrait l'énergie,
Vous ne l'avez pas cru ; non, non, vils suborneurs,
Et les nombreux effets des sucs empoisonneurs
Vous sont trop bien connus, ô Narcisses habiles !
Pour que vous vous chargiez de crimes inutiles.
Au sein des malheureux qu'il vous faut employer,
Des mâles passions éteignant le foyer,
Si vous engourdissez leur puissance affaiblie ,
C'est pour mieux arracher de leur âme avilie
Les germes de vertu qu'elle pourrait nourrir ;
Aveugles instrumens, c'est pour mieux les pétrir
D'hypocrite noirceur, de bassesse, de haine,
C'est pour que, dans vos mains, ce métal brut devienne
Ou glaive exécuteur, ou poignard redouté,
Au bouclier fidèle à la Société.

Si du moins, pénétrant au cœur de vos novices,
Ce funeste breuvage en extirpait les vices....,
Car, dans la paix des nuits, s'élève au milieu d'eux,
D'Onan, morne et pensif, le fantôme hideux ;
Et, foyer exhumé des cendres de Gomorrhe,
D'un monstrueux amour la rage les dévore ,
Jusque dans cet asile où l'exaltation,
Jalouse des tourmens du proscrit de Sion,

S'inflige des douleurs l'atteinte meurtrière,
Mais où, troublant par fois son ardente prière,
De profanes désirs, nés de la nudité [77],
La livrent, haletante, à l'impudicité.

Contre le vice armés d'une horreur salutaire,
Jean-Jacque et Montesquieu, Fénélon et Voltaire
De la corruption pourraient détruire en eux,
Au feu de leurs écrits, les germes vénéneux,
De leur âme exciter les mouvemens sublimes,
Et des mâles vertus leur applanir les cimes;
Mais par les Loriquets ces flambeaux obscurcis
N'offrent aux jeunes clercs que des jours indécis;
Ignace, en pâlissant, leur ferme ses écoles.
Ainsi, quand des enfers les lugubres coupoles
S'entr'ouvrent à l'essor d'un habitant des cieux,
Des gouffres élancés, mille cris furieux
Maudissent de son front la lumière sacrée
Qui révèle aux maudits leur hideur abhorrée.

Quels docteurs vertueux, quels pieux écrivains
Ont-ils substitués à ces auteurs divins?
Oh! des propagateurs de la foi loyoliste
Quel sinistre concours! quelle effroyable liste!
D'attentats consacrés quel vaste rituel?
Ici, je lis ces mots: *Sucre spirituel* [78]
Des remords du chrétien mitigeant l'amertume;
Là, de San-Inigo c'est le recueil posthume;

Le contempteur des rois, le fougueux Marina ;
La compilation du brouillon Molina ;
Qui, bien qu'elle promît la *grâce* et la *concorde*,
Alla de toutes parts soulever la discorde.
Dans cet absurde *Essai*, l'insensé Bellarmin
Asservit l'univers au pontife romain ;
L'audacieux Bécan, dans ce lourd *manifeste*,
Emet une doctrine encore plus funeste :
« Le saint père est, dit-il, le pasteur des Chrétiens,
« Le monde est le bercail, et les rois sont les chiens ;
« Le pasteur les conserve, alors qu'ils sont fidèles ;
« S'ils nuisent aux brebis, il les chasse loin d'elles. »
Brûlé par le bourreau, l'écrit de Suarès
Dans ces prétentions fait de nouveaux progrès :
« Du pape impunément rien n'excite l'envie,
« Il dépose les rois, il peut trancher leur vie. »
Le *Guide des Curés, Vicaires, Confesseurs*
De l'esprit jésuitique étale les noirceurs ;
Les récits de Posa sont pleins de turpitudes ;
De l'Ordre ignacien relatant les préludes,
Cette *Image* redit ses horribles succès ;
Ouvrage édifiant pour de jeunes français !
Dans ces *in-folio*, fanatiques libelles,
Les Français sont traités d'apostats, de rebelles.
Enfin, d'écrits affreux ces couvens sont remplis :
Je revois Santarel, l'évêque de Senlis,
De l'atroce Boucher, plus loin, l'œuvre incomplète,
L'impur Mariana, l'infâme Lavalette,

Torrez l'astucieux , le diffus Escobard ,
Et Sanchez le vénal , et l'ignoble Guignard.

Agitant dans ces lieux son glaive expiatoire ,
Peut-être au néophyte il resterait l'histoire ,
Inflexible Thémis, dont le sacré burin
Divinise ou flétrit, sur des tables d'airain,
Les crimes triomphans et les vertus obscures,
Les peuples opprimés et les princes parjures ;
Mais ici , dès long-tems , ce danger est prévu :
Le fécond Loriquet à l'histoire a pourvu ,
A l'usage des clercs, il a fait des chroniques ⁸⁰
Où les princes cruels et les prélats iniques ,
De brillans oripeaux avec art revêtus ,
Renaissent étonnés de leurs propres vertus;
Où , masquant des bons rois la grandeur obscurcie ,
Prônant l'absolutisme et la théocratie ,
Et peignant le bonheur d'un peuple emmaillotté ,
Il rappelle à grands cris la féodalité.

Quand des sentiers de l'Ordre il a suivi l'ornière,
Il reste au néophyte une étude dernière :
Les doctrines du siècle ont d'ardens défenseurs ;
Aussi voit-on encor les *Pères professeurs*
Aux jeunes Cicérons qui méditent leur rôle
Apprendre à manier l'arme de la parole.
Et quels sont les sujets de ces enseignemens ?
D'un *sommaire* latin citons quelques fragmens,

Bien que leur nudité se voile dans mes rimes :
« Oui, les crimes heureux cessent d'être des crimes[81],
« Oui, les crimes heureux font souvent les héros ;
« Et tel succombera sous le fer des bourreaux,
« Que peut-être eût chanté l'univers en délire
« Si l'injuste Fortune eût daigné lui sourire,
« Car la Fortune absout ou condamne à son gré :
« S'il obtient ses faveurs, le crime est honoré,
« Mais en éprouve-t-il un caprice funeste,
« Son éclat disparaît, et seul le crime reste. »

Ainsi d'un être faible on fait un scélérat :
Dirai-je Molitor, Contrafatto, Maingrat?
Dirai-je sur Courrier la dévote cabale
D'un béat dirigeant l'obéissante balle?
Eh ! l'Ordre ignacien n'est-il pas de nos jours
Ce qu'il était jadis, ce qu'il sera toujours?
Eh bien ! il en est temps, Charles, que ta justice
Sur les perturbateurs enfin s'appesantisse;
Que, chassés des autels, des chaires, des emplois,
Ils cessent d'outrager l'Evangile et nos lois;
Qu'ils ne séduisent plus la crédule jeunesse;
En France, avec la paix, que le bonheur renaisse.

Amour à Charles-Dix ! nos vœux sont exaucés !
—Mais quels cris tout à coup de Montrouge élancés?
Quel chaos effrayant de plaintes lamentables,
De murmures haineux, de menaces coupables?

Quelle confusion dans la maison de Dieu ?
Au prêtre, en sanglottant, Tartuffe dit adieu ;
Il monte en chaire, il crie : « O Ciel, sois-nous pro-
                                                « pice !
» Sauve, sauve l'Etat au bord du précipice ! »
Le procureur du roi, dans ses fougueux sermons,
Peint Charles entouré d'un conseil de démons.
« Le clergé, dit le maître en embrassant l'élève [82],
« Hélas ! va retomber sous le tranchant du glaive ;
« La Révolution se réveille en fureur ;
« Nous allons revenir aux jours de la Terreur :
« On rend aux libéraux la jeunesse française ! »
Le prélat indigné quitte son diocèse ;
Ardent congréganiste, à Paris il accourt
Grossir la ligue sainte et remuer la cour.
Le curé pacifique imite les évêques :
Le glas funèbre en vain le réclame aux obsèques,
La jeune fiancée appelle vainement
L'heure qui doit l'unir à son heureux amant ;
Un plus grand intérêt loin du bercail l'emporte,
Du presbytère oisif il a fermé la porte,
Entouré de pamphlets, loyoliste arsenal,
Il devient à son tour orateur de journal,
Et, d'un ton larmoyant, psalmodie une antienne
Aux versets furibonds de la *Quotidienne.*

Ainsi de toutes parts la Congrégation
Tonne, et contre le roi s'érige en faction :

Tous , en lui résistant, hypocrites émules ;
Du dévoûment au trône épuisent les formules,
Tous s'arment, de Fortis frénétiques agens [83] ;
D'un collège inconnu , les uns, obscurs régens,
A l'antique *Gazette*, au *Journal catholique*
Adressent une longue et piteuse supplique,
Où , des nouveaux martyrs exaltant la ferveur,
Ils tâchent d'émouvoir le prince en leur faveur.
C'est peu : de leurs vertus étalant la peinture ,
Le vélin aux regards offre la signature
D'un ramas ténébreux d'abbés et d'écoliers
Qu'on y voit figurer sur trois rangs réguliers.
D'autres ont exhumé des bulles, des conciles ;
Ceux-ci, dans leur orgueil, encor plus indociles,
Contre l'arrêt du roi protestent avec feu :
« Nous ne tenons enfin nos pouvoirs que de Dieu :
« Que Charles asservisse et le duc et le comte,
« De ses droits à Dieu seul un évêque doit compte. »
Ceux là, du tribunal repoussant les Français,
Pressent le Vatican de juger le procès ;
D'autres ont dit : « Bravons le siècle et ses fantômes,
« Il vaut mieux obéir à l'Eternel qu'aux hommes. »
Mais quel prêtre impudent tout à coup a jeté
Ce défi téméraire au monarque irrité ?
C'est le plus fier champion du parti loyoliste [84] ;
« Vous cédez tous, dit-il, eh bien ! seul, je résiste. »

Cependant à ces bruits qui d'instant en instant

Grossissent, — on soupçonne un complot éclatant ;
Tels ces murmures sourds que le vallon répète
Au pâle laboureur annoncent la tempête.
Entrons dans ce conseil où vient avec éclat
Contre un fils de Henri pérorer le prélat ;
Qu'entends-je ? Ils ont maudit la nation française !
Eux, chrétiens ! eux, Français ! Ah ! j'ai cru voir les
                                        Seize !
» Nous sommes, disent-ils, les prêtres du Dieu fort,
« Tentons contre l'impie un magnanime effort. »
Aux droits du souverain leur ligue attentatoire
Enfante au même instant un insolent *Mémoire*,
Où, masquant la fureur dont ils sont tous émus,
Ils répondent au roi : « *Sire*, *non possumus.* »
Eh quoi ! *vous ne pouvez* laisser au diadême
Les respects qu'à César Jésus rendit lui-même ?
Vous excitez le peuple à la sédition ;
Vous trahissez le prince et votre mission ?
Etait-ce donc ainsi que les premiers fidèles
Jadis aux nations s'offraient, humbles modèles ?

Et pourtant, répondez, Brutus épiscopaux,
Si votre saint exemple entraînait vos troupeaux,
Si le *non possumus* plaisait à vos vicaires,
Dès-lors que deviendraient vos mandemens précai-
                                        res ?
S'il parcourait enfin la chaîne de l'Etat,
Si, par vous inspirés, l'artisan, le soldat.

Au prince refusaient leur sang, leur industrie,
Répondez : sur quels bras s'appuîrait la patrie ?

Mais, tandis que je parle, un monarque clément
Oppose l'indulgence à votre égarement ;
Pour calmer vos rumeurs qui troublent le royaume,
Il daigne demander l'assentiment de Rome ;
Le Pape, condamnant vos cris séditieux,
Approuve l'arrêté du monarque pieux ;
Et, pourtant, rallumant vos dévotes colères,
Vous tirez la révolte à *cent mille exemplaires* [85] ;
Et pour qu'elle réveille un plus puissant écho,
Dans les départemens vous la semez *franco ;*
Et vous en infectez les cartons de collége ;
Et, déployant pour vous un zèle sacrilége,
Un imberbe curé, qui priait l'Eternel [86],
Interrompt tout-à-coup l'office solennel ;
Et, libraire exerçant sans *permis* légitimes,
Annonce le *Mémoire* à cinquante centimes.

On a puni leur rage, et cependant crois-tu
Que Montrouge, ô mon maître ! enfin soit abattu ?
Non ; tu connais trop bien leur constante tenace.
Ils ont remis en jeu les machines d'Ignace,
Et, nouveaux Briarée, agitent leur cent bras,
L'Etat est menacé de graves embarras ;
Nous saurons contre vous soulever l'Angleterre,
« Nous avons des amis à Londre, au ministère,

« Dans Rome, dans Madrid ; et peut-être demain
« L'étranger de Paris reprendra le chemin. »
Les uns se sont armés des habits qu'on vénère,
Ils occupent le seuil d'un petit séminaire.
« Eh bien ! oui, nous saurons, Prince, te résister,
« De nos antiques droits pour nous déshériter,
« Pour chasser des vieillards de cette auguste en-
                                        ceinte,
« Il faudra qu'à tes pieds tu foules la Croix sainte. »
D'autres ont invoqué notre Palladium.....
Charte ! Charte sacrée ! O trésor d'Ilium !
Enfin tes ennemis te rendent donc hommage !
Ainsi de la vertu le vice aime l'image.
« Confondons le despote en ses détours subtils ;
« C'est en vain qu'il exige un serment,» disaient-ils,
« Il n'en a pas le droit. — Loyola nous regarde ,
« Mes Frères, — et la Charte est notre sauve-garde[87].»
Dans ses bienfaits par vous si souvent attaqués,
Perfides, cette Charte, envain vous l'invoquez ;
Sans doute elle s'oppose à toute tyrannie,
Mais aussi , dans l'Etat maintenant l'harmonie,
Elle ne souffre point qu'il y surgisse un corps
Avide d'y semer de funestes discords ;
Elle proscrit les clubs d'assassins et de traîtres ;
Et vous, qui corrompez des enfans et des prêtres,
Vous prétendez qu'on livre à vos venins mortels
L'espoir de la Patrie et l'honneur des Autels !

« Et qu'importe après tout que le roi nous proscrive?
« Le Tage nous attend sur sa pieuse rive ,
« Et Félix , sur les monts que réfléchit le Pô [88] ,
« D'Ignace , avec orgueil , nous montre le drapeau ;
« Dans ce saint Chanaan, trésor de tolérance ,
« Transportons la jeunesse et l'argent de France [89] ,
« Et bravons Pharaon. — Déjà Nicolaï [90]
« Et ses deux premiers-nés loin de l'Egypte ont fui ;
« Les pères indignés , les mères éplorées
« Grossissent chaque jour nos bandes révérées ,
« Et le prêtre-martyr, que frappe aussi l'édit ,
« S'éloigne avec effroi d'un prince qu'il maudit ;
« Et tous les bons Français, suivant ce noble exemple,
« Viennent sécher les pleurs des exilés du temple. »

Voilà ce qu'ils ont dit ; — voilà ce qu'ils ont fait ;
Et le vœu du monarque est resté sans effet.
Tu le sais, Montlosier, dans la France éplorée
L'intrigue ténébreuse et la foi parjurée
Maintiennent tout entiers l'*Ordre* et ses partisans :
Prêtres, soldats, recteurs, magistrats, courtisans,
Agens du même chef, sous la toge ou le casque,
Glissent autour du trône, armés d'un noble masque,
Et, versant sur la Croix leurs poisons clandestins ,
Appellent l'Etranger à leurs sombres festins.
Ils osent arborer les bannières sublimes
Des fiers enfans d'Erin, de ces milles victimes [91]
De la Religion et de la Liberté ,

Dont nous applaudissons le courage indompté ;
Et, bigots insurgés, et mesquins parodistes,
Mêlent ces saints drapeaux aux drapeaux loyolistes.

Voici l'heure ! au combat ! au combat , Montlosier !
Dans ma brûlante main je sens frémir l'acier !
Marchons ! — Dans les marais, dans les gouffres de
Lerne,
Poursuivons, attaquons, frappons l'hydre moderne !
A ce cri : « Liberté ! Trône ! Religion ! »
Proscrivons sans pitié la congrégation ;
A sa rage opposons notre persévérance.
La première, imitant l'exemple de la France,
De son sein Albion naguère a repoussé [92]
Un corps d'Ignaciens errant dans Gernesey ;
Puisse l'Europe entière, à leur perte animée,
Les chasser sans retour de sa frontière armée,
Et les refouler tous chez ces Hurons, amis
De leurs sombres travaux *coadjuteurs* soumis.
Là, puisque de prêcher le besoin les entraîne,
L'ignorance à leur zèle ouvre une immense arène ;
Et que si le martyre a des charmes pour eux,
Dans le fond de l'Afrique, apôtres généreux,
Ils aillent annoncer la parole d'Ignace,
Bien sûrs d'y rencontrer l'ambition tenace
Et le pouvoir rival d'un prêtre ou d'un Obi [93],
Et le supplice enfin que Valverde a subi [94].

Oui, bons Ignaciens, fuyez l'ingrate Europe,
Portez bien loin de nous votre ardeur philantrope ;
Fuyez l'Anglais sévère et le Français badin ;
Leur haine vigoureuse, et surtout leur dédain
N'ont ils pas dédoré votre sceptre empirique ?
Allez dans les forêts de la jeune Amérique,
Aux accens du pivert, au bruit des chutes d'eau [95],
D'où s'élance l'indien, penché sur son radeau [96],
Convertir le sauvage, à la peau purpurine [97],
A la tête de mort peinte sur sa poitrine,
Au pesant casse-tête, aux moccassins légers,
Au scalpel envieux de crânes étrangers.

Préférez-vous des mœurs et des erreurs plus douces?
La Perse vous attend sur ses tapis de mousses ;
Là, vous pourrez prêcher avec moins de péril :
Mille fois répété, le cri du Wil-poor-Wil [98],
L'Esprit de la lumière errant dans les nuages [99],
Les Amours endormis au fond des coquillages,
Et la jeune beauté qu'a vu naître Sana,
Dans sa nacelle d'or, errant sur la Jumna,
Et le doux Israfil, ange de la musique,
Et le dieu des parfums, qu'un souffle aromatique
Dérobe, vers le soir, à son harem de fleurs,
La Péri du matin, éclatante de pleurs,
Et, lorsque Phyngary du ciel perce les voiles,
Les Songes descendant aux lueurs des étoiles,
Enfin tous les amours de la terre et des cieux,

Quels touchans auditeurs ! quels témoins gracieux,
Pour vous, qui nourrissez vos âmes extatiques
De saintes fictions et de fleurs poétiques !

Mais ne pourriez-vous pas, convertis au Koran,
Vous naturaliser sur la terre d'Iran ?......
Allons, qu'aux noirs manteaux succède l'écarlate,
Et que sur vos poignards le diamant éclate.
Qu'il est doux d'exister sous un ciel toujours pur !
Ceinte du lis humide aux corolles d'azur [100],
Offrant à vos baisers les roses de sa bouche,
Une vierge d'Yedz ornerait votre couche [101],
Vous iriez recueillir les blés d'Yezdécas,
Et boire, dans l'Onyx, le nectar de Schiras ?...
Car de votre patron (bien que je le révère),
« Pauvreté, chasteté, » la règle est trop sévère ;
Celle de Mahomet vaut mieux assurément.....
Et puis, vous savez bien ce que vaut un serment.

Si de l'humanité l'amour veille en votre âme,
Sur son neigeux sommet Saint-Bernard vous réclame.
A la faim, au simoun hâtez-vous d'arracher
Les nomades enfans des climats du rocher [102] ;
Que de vos oasis la limpide fontaine
Repose le Bédouin de sa course lointaine ;
Qu'à tous les malheureux vos imarets ouverts
Appellent les respects, l'amour de l'univers.....

Mais enfin déposons l'arme de l'ironie,
Imposante Clio, ma muse la dénie,
Un accent solennel convient seul à ma voix ;
Proscrivons Loyola pour la dernière fois.

Généreux Montlosier, que ta foudre terrasse
Ces moines turbulens, de qui l'espoir embrasse
Le sceptre universel du pontife romain,
Et la réunion dans une seule main
De trois pouvoirs jaloux dont l'hymen adultère
Enfanterait encore et rendrait à la terre
Tous les fléaux sortis du bâton pastoral,
Du glaive de Thémis et du sceptre royal.

FIN DE L'ÉPITRE.

NOTES.

[1] . . . . Au jésuite en courroux
Ton bras victorieux porta les premiers coups.

Quelque temps après la publication du *Mémoire à consulter*, M. le comte de Montlosier présenta sa fameuse pétition à la Chambre des Députés ; c'était le premier cri d'alarmes.

[2] De sa reconnaissance......
En frappant ta vertu, déshérite l'État.

On a retiré à M. le comte de Montlosier la pension que lui avaient méritée ses longs services aux Affaires-Etrangères.

[3] De la Société maint obscur émissaire
En vain ose accuser ta piété sincère.

Voy. les *réponses au Mémoire à consulter*, par MM. l'abbé et le chevalier tel et tel.

⁴ Et c'est alors enfin qu'un ministre hypocrite, etc.

Voyez dans les journaux la réponse que fit M. l'évêque d'Hermopolis à la chambre des Députés, où l'on s'effrayait du retour et des progrès des jésuites en France.

⁵ Des enfans que la peur a rendus insensés.

Voy. les *Mémoires d'un jeune Jésuite*; on y parle de quelques victimes de Montrouge, à qui des terreurs superstitieuses firent perdre la raison.

⁶ . . . . Un affreux débauché, etc.

Ignace, en espagnol Inigo, fondateur et père de la compagnie de Jésus, naît au château de Loyola l'an 1491. Après avoir dissipé dans l'oisiveté et la mollesse son orageuse adolescence, il quitte la cour de Ferdinand auprès duquel il était placé en qualité de page, et se jette dans les camps. Une blessure l'arrête tout-à-coup dans cette nouvelle carrière, et la longueur de sa guérison irritant son impatience, il se met à lire, pour tromper son ennui, la *Vie de Jésus-Christ* et la *Fleur des Saints*, au défaut des romans qui jusqu'alors avaient fait ses délices, et que sans doute il avait épuisés. La ressemblance qu'il trouve entre ces héros de la pénitence et ceux de la chevalerie errante, dont il a l'imagination toute remplie, lui fait insensiblement goûter cette lecture. Sa passion pour la guerre et son attachement pour une dame, traversant le désir qu'il forme de les imiter, il surmonte ces obstacles par le vœu d'entreprendre un grand voyage qui lui procure des aventures. Celui de la Terre Sainte lui paraît favorable à ce projet. Comme ces héros de romans qui, avant d'entreprendre la moindre action, se dévouaient d'abord à quelque dame, dont ils faisaient le principe, la fin et l'objet de toutes

leurs démarches ; il commence par se consacrer au service de
la Sainte-Vierge ; ce qu'il fit, disent les historiens de sa vie,
avec l'amour le plus tendre.

7 Et court servir sa dame au tombeau de Sion.

Après s'être dévoué au service de la Vierge, il l'appelle toujours sa *dame*, et se nomme son *chevalier*.

8 Sur les bancs d'une école un jour le fait asseoir.

A Barcelone, Ignace, âgé de trente-trois ans, commence les
premiers principes de la grammaire, en allant tous les jours en
classe comme les petits enfans, mais avec beaucoup de diffi-
culté d'apprendre. Le démon voyant ses peines, disent les jésuites, s'offrit de lui donner de grandes lumières, et de lui dé-
couvrir les sens les plus cachés de l'Ecriture ; mais il aima
mieux prier son maître de lui donner le fouet quand il man-
querait à son devoir, que d'accepter ces offres diaboliques.

9 Il prêche encore, il prêche un Dieu qu'il scandalise.

Rebuté de son peu de progrès, il quitte l'étude et reprend
ses prédications. On le met au nombre de ces coureurs ignorans qui, se donnant pour des gens inspirés, allaient débiter
par toute l'Europe des erreurs et des extravagances : c'est en
cette qualité que l'inquisition le fait mettre en prison, où il
reste six semaines.

10 Il marche vers Paris, où Barbe en son collége, etc.

Parvenu dans la capitale de la France, en chassant devant
lui un âne chargé de ses livres et des écrits qu'il avait compo-
sés, il recommence au collége de Montaigu l'étude de la gram-

maire, et n'y fait pas plus de progrès qu'ailleurs. On lui avait défendu, sous peine d'excommunication, de prêcher avant d'avoir fait quatre années dans quelque université. Il passe donc de l'étude de la grammaire à celle de la philosophie au collége de Sainte-Barbe, avec un goût singulier pour la direction, et une ambition démesurée pour se faire chef d'ordre, jusqu'à débaucher ses camarades et les détourner de l'étude, pour en faire ses disciples. Cette conduite d'Ignace oblige le professeur de se plaindre au principal. Celui-ci, n'ayant pu le contenir, ni par remontrances, ni par menaces de le châtier publiquement comme perturbateur du bon ordre, se détermine à lui faire donner *la salle*, sorte de châtiment qui consistait alors à faire assembler dans une grande salle tous les écoliers au son de la cloche ; les professeurs s'y rendaient ensuite les verges à la main, et frappaient l'un après l'autre sur le coupable, en présence de tous ses camarades. Mais soit parce qu'il avait quarante ans, soit par quelque autre motif, on se contente de le renvoyer du collége, après lui avoir fait promettre de ne plus débaucher à l'avenir les écoliers de l'université.

" Vaincu, mais fier encor, le rend à son billard.

Les moyens dont il se sert pour réussir à la conversion des âmes, sont singuliers : il gagne, disent les jésuites, l'âme d'un docteur, en jouant avec lui une partie de billard. Relativement à cet exercice et à beaucoup d'autres plus funestes, les successeurs d'Ignace ont marché fidèlement sur les traces de leur patron ; témoin MM. d'Hermopolis et Loriquet qui ne le cèdent au billard à aucun de nos déterminés coureurs de cafés.

" Des savans jacobins il fuit l'orthodoxie.

Ignace commence la théologie chez les jacobins, mais l'es-

prit sage et sévère de ces savans religieux condamnant ses insensés projets, et son envie de devenir instituteur d'ordre se
ranimant avec force, il quitte cette science et vient enfin à bout
de s'attacher quelques disciples.

¹³ A Venise, en français, ils prêchent quelque temps.

Les disciples d'Ignace vont prêcher par l'ordre de leur chef
dans différens endroits des états de Venise ; mais ignorant la
langue du pays, on s'imagine que ce sont des charlatans et des
saltimbauques.

¹⁴ L'adroit Le Jay séduit la marquise Pescaire.

Le Jay gagne la confiance de la marquise Pescaire, qui le
présente à Hercule d'Est, duc de Ferrare, qui en fait son confesseur.

¹⁵ Paul éprouve à son tour leur adresse fatale.

Paul III donne à Lefèvre et à Lainez deux chaires de théologie dans le collége de la Sapience, et permet à la nouvelle
compagnie de prêcher dans ses états.

¹⁶ Quand d'un brevet du Pape il se relève armé.

Paul III, par une bulle du 27 septembre 1540, autorise la
société ignacienne sous le nom de *Elèves réguliers de la compagnie de Jésus*, et fixe le nombre des profès à soixante.

¹⁷ Prêcher la foi, par signe, à leurs grossiers enfans.

Xavier et ses compagnons, qui étaient partis pour les Indes
avec la flotte royale de Portugal, trouvent dans l'île de Socotore quelques chrétiens, mais si grossiers et si peu instruits

qu'ils ignorent les premiers principes de la foi ; dans l'ignorance où ils sont eux-mêmes de la langue du pays, ils se
contentent de faire entendre à leurs cathécumènes qu'ils
veulent baptiser leurs enfans.

[18] Au grand jour paraissaient vos règlemens fameux.

Ignace fait paraître en 1541 les fameuses constitutions de son
ordre, dans lesquelles il défend à ses disciples la célébration
de l'office divin, sous le prétexte singulier qu'il vaut mieux
qu'ils emploient leur temps à l'étude, que de le mettre, comme
font tous les religieux, à ce pieux et saint exercice.

[19] En Allemagne, opère un prodige inouï.

Lefèvre et Bobadilla, dans un voyage très-court en Allemagne, font faire faire plus de communions qu'on n'en avait fait
depuis vingt-cinq ans. En général, les sermons des premiers
jésuites roulent sur le fréquent usage de la communion,
qu'ils trouvent le moyen d'introduire dans l'église, sans que
ceux à qui ils font participer les sacremens soient meilleurs
chrétiens.

[20] . . . . Et la bulle de Rome, etc.

Le pape confirme de nouveau l'institut des jésuites par une
bulle du 14 mars 1543, qui, en outre, laisse aux supérieurs la
liberté d'admettre parmi eux, sans aucune restriction de nombre, tous ceux qu'ils jugeront y être bien appelés. La Société,
après cette bulle, est reçue de gré ou de force par tout ce
qu'on connait de terres habitables.

[21] Et, brandissant le fouet qu'au Sauveur il dérobe, etc.

Jésus-Christ chassant les marchands du temple. Les mem-

bres de la société de Jésus, se servirent plus souvent des verges
dont s'arma un jour leur auguste patron que de la paisible hou-
lette qui ramenait au bercail les brebis égarées.

²² . . . . Roi de treize *provinces*.

Les jésuites appellent province chaque royaume, chaque
contrée qu'ils ont soumise à leur juridiction.

²³ . . . . Et de leurs chapelets
La perle de Cochin enrichit leurs filets.

Pêche des perles à la Cochinchine. Leur avidité les en fit
chasser.

²⁴ Au Japon, au Brésil ils rendent des oracles.

La bonne aventure était aussi une des branches de l'industrie loyoliste.

²⁵ Adressent en Europe un ballot de miracles.

La ville de Mazargan en Afrique, appartenant aux Portu-
gais, était assiégée par les Maures, et réduite à une telle extrémité que le gouverneur, qui avait déjà reçu plusieurs renforts,
et qui n'osait plus en redemander, assemble son conseil et lui
fait part de la ruse de son confesseur, qui était d'écrire à la
reine régente que lui confesseur, s'étant trouvé dans une
bataille pour y exhorter les soldats à combattre pour la religion, un boulet de canon est venu frapper le pied de son crucifix, qu'il a perdu toute sa force en le frappant, qu'il est tombé
par terre sans lui faire aucun mal, et de l'envoyer porter ce boulet en cour. Le conseil, pour donner plus de poids à cette four-
berie, décide d'y envoyer aussi un jésuite assurer la reine régente que, s'étant trouvé dans la mêlée pour encourager les
soldats, on avait tiré sur lui un coup d'arquebuse, qui, ayant
frappé le petit crucifix qu'il avait à son côté, lui avait un peu
effleuré la peau, mais qu'il avait été guéri miraculeusement.

5

Les deux fourbes, arrivés en Portugal, l'un avec son crucifix et son boulet, l'autre avec son chapelet et sa balle, publient ces deux miracles à la cour et dans le royaume. Ils sont crus, regardés comme des saints, et la régente fait passer en Afrique vingt mille hommes, qui obligent les Maures de lever siége de devant Mazargan.

> [26] Usurpent à Lisbonne un crédit colossal,
> Font descendre Philippe au rang de leur vassal,
> Et, pour lui conserver la Navarre envahie, etc.

En 1563, la puissance des jésuites devient énorme en Portugal. La reine, informée qu'ils veulent lui ôter la régence, parce qu'elle traverse leurs projets, et surtout l'empire absolu qu'ils s'efforcent d'avoir sur l'esprit du jeune Sébastien, chasse le P. Torrèz, son confesseur, qui la trahissait. Cette démarche hâte son déplacement; les jésuites font donner la régence au cardinal Henri, et l'obligent de partager le gouvernement avec don Martin Gonzalès, frère du jésuite, confesseur du roi, qui ne laisse au cardinal que le nom de régent. — Les jésuites, pour maintenir Philippe II, roi d'Espagne, dans la Navarre, qu'il possédait injustement, veulent livrer à l'inquisition Jeanne d'Albret, reine de Navarre, et ses enfans, entre lesquels était Henri, depuis roi de France sous le nom d'Henri IV. La conjuration est découverte et dissipée par les soins d'Elisabeth de France, reine d'Espagne, à laquelle cette action, aussi louable que généreuse, coûte la vie en 1570. Cette princesse, quoique enceinte, est empoisonnée.

> [27] Tourmente l'agonie et dépouille la mort.

On connaît les manœuvres des jésuites pour surprendre aux mourans des testamens en faveur de leur société.

²⁴ Un cachot engloutit sa victime adultère.

L'histoire des jésuites est trop pleine d'histoires de ce genre pour que nous citions toutes celles qui viennent à l'appui de ce vers et de ceux qui le précèdent ; nous nous contenterons de rappeler un fait qui, plus qu'aucun autre, donne une idée du caractère des jésuites.

En 1634, Balthasar des Rois, jésuite convers, du collége de Grenade, en Espagne, chargé de faire valoir un bien situé à deux lieues de la ville, appartenant audit collége, prend en amitié une jeune femme du lieu, qui n'avait pas vingt-huit ans, et, pour rendre le mari plus traitable, lui ayant donné le labour des terres, il double ses gages. Le mari s'aperçoit le dernier de l'intrigue ; mais aussitôt il prend la résolution de se venger. Il se cache dans la maison ; le frère y vient, le croyant absent ; lorsqu'il les voit bien en repos, il sort de sa retraite et poignarde le jésuite. La justice en prend connaissance, et le frère demeure convaincu d'adultère. Le recteur du collége ayant appris cela, donne sa plainte contre le meurtrier, et, par le moyen des ressorts ordinaires à la société, il fait faire une seconde information, gagne les témoins de la première, en suborne d'autres, et fait déclarer à tous que le frère était un saint, qu'on le voyait souvent un chapelet à la main, et que la femme était déjà une femme d'âge. Les jésuites, munis de cette information, poursuivent vivement le meurtrier, le font condamner par contumace à être pendu, font imprimer l'information, le procès et la sentence définitive qu'ils distribuent effrontément à ceux mêmes qui étaient instruits de la vérité du fait. Peut-on douter après cela que le frère Balthasar ne soit regardé chez eux comme martyr de la chasteté.

²⁹ Et livre aux feux ardens du flambeau de Thémis, etc.

L'hydre de Lerne : serpent monstrueux dont les têtes renaissaient à mesure qu'on les coupait. Hercule y appliqua le feu, et tua l'hydre.

³⁰ Quand d'un forfait nouveau le fracas des boulets, etc.

En 1589, le peuple se soulève à Bordeaux. Déjà les factieux, qui s'étaient saisis de la porte de Saint-Julien, commençaient à élever des barricades, et avaient contraint les maires accourus au bruit de se retirer, lorsque le maréchal de Matignon, gouverneur de Guyenne, à la tête de la noblesse, donne un signal à la garnison du château-trompette de tirer quelques volées de canon, qui répandent la terreur parmi la populace mutinée, la dissipent et apaisent la sédition. Les complices de cette révolte prennent aussitôt la fuite ; mais on en arrête deux qui sont pendus sur-le-champ, après avoir avoué à la question qu'ils étaient convenus d'investir la maison du maréchal, de le poignarder, d'exposer son cadavre aux yeux de la garnison, de se rendre maîtres du canon de la ville, et de le tourner contre le château pour l'obliger de se rendre. Le seigneur, n'en voulant pas savoir davantage, se contente, pour ne pas déshonorer le clergé et prévenir de semblables conspirations, de chasser de la ville les jésuites, auteurs de celle-ci, qui sont obligés d'aller chercher asile à Agen et à Périgueux, dont les habitans se révoltent sur ces entrefaites.

³¹ La persécution effrénée, implacable, etc.

Toutes ces violences, et celles qui suivent, sont trop connues pour que nous particularisions à leur appui quelques faits isolés.

³² Ses *assistans*, etc.

Les *assistans* sont, dans l'ordre jésuitique, les gouverneurs des *provinces* qu'ils représentent.

³³ Le *général*, etc.

C'est le chef suprême des jésuites ; il est élu par les principaux membres de la compagnie ; il ne dépend réellement que de Jésus-Christ, car ses soumissions au pape ne sont que des parades dérisoires. — Le *général* des jésuites est donc chef absolu.

³⁴ Il faut pour un *recteur*, etc.

Le *recteur* est le supérieur d'un collége ou noviciat.

³⁵ . . . . Je redis cette église, etc.

Ce fait mérite une attention toute particulière ; nous le choisissons entre beaucoup à-peu-près aussi violens. En 1703, les jésuites de Brest, prétendant être curés primitifs de l'église que les habitans de cette ville venaient de faire bâtir, se transportent le 1er juin à la nouvelle église, où, au défaut de titres, mais escortés d'un officier et de trente soldats armés jusqu'aux dents, ils font apporter de chez eux des ornemens et une table sur laquelle ils disent la messe, environnés de leurs fusilliers. Ils y reviennent le lendemain avec des manœuvres, pour élever autel contre autel. Les maire et échevins s'y trouvent aussi pour mettre les choses en règle par des oppositions et des protestations juridiques. Pendant qu'on verbalise, arrive un jésuite avec plusieurs officiers et soldats qui, à coups de cannes et de bourrades, font sortir les paroissiens qui sont dans l'église. Un des soldats couche en joue le prêtre qui dit la messe au grand autel, et l'aurait tué, si un des marguilliers n'eût relevé le bout de son fusil dont les balles vont percer les lambris de l'église.

Le curé, presque octogénaire, qui depuis trente ans gouvernait cette paroisse, s'étant présenté en surplis et en étole, on se contente, quoique il y eût ordre de tirer sur lui, de le traîner dehors par son étole. Sur les plaintes ou les remontrances de ce vieillard, un officier se serait porté aux dernières extrémités, si le sacristain, qui se jeta entre eux deux, n'eût retenu le bras qui allait le frapper. Pendant ces profanations, un jésuite, assisté par deux soldats, le mousquet sur l'épaule, célébrait les saints mystères sur un autel dressé comme le jour précédent. Ils y reviennent le 4 avec le même cortége, recommencent les mêmes violences, disent la messe avec le même appareil, et notifient aux habitans que si une seule compagnie ne suffit pas ils se feront escorter par toute la garnison. Les paroissiens aiment mieux céder que d'exposer le sanctuaire à de nouvelles profanations. Le sacristain qui avait sauvé la vie à son curé est interdit par son évêque, et le 11 juillet, en vertu d'une lettre de cachet, relégué à Luçon. Le marguillier qui avait relevé le bout du fusil, et empêché par là le prêtre qui disait la messe d'être tué, est obligé par ordre de la cour de se retirer à Avranches.

²⁶ Attiser d'un tyran les fureurs fanatiques, etc.

Tout ce qui suit ce vers est accompli grâce à l'inquisition établie dans les Pays-Bas par Philippe II, roi d'Espagne, dont les ordres sont exécutés avec des cruautés qui font horreur, par le duc d'Albe qui se vante lui-même d'avoir fait passer dix huit mille Flamands par les mains des bourreaux.

²⁷ Et la séduction, etc.

Tout ceci se voit encore de nos jours, et les mêmes doctrines sont répétées dans les chaires de quelques-uns de nos prédicateurs, et dans les confessionnaux de quelques-unes de nos paroisses.

[38] De la foule imbéci'e un hymne solennel , etc.

Les jésuites ont fait plus : ils ont fait en 1676 des prières publiques pour la conversion d'Innocent XI, qui, convaincu de la corruption des jésuites, et instruit de leurs violences envers les vicaires apostoliques, les avait exclus des missions de Tunquin et de la Cochinchine.

[39] Un moine a dépouillé les insignes de l'Ordre.

En 1759, le conseil souverain d'Artois condamne à mort un frère jésuite, qui, ayant quitté l'habit, s'est marié quatre fois en quinze mois. Ce n'est pas qu'il ait eu ces quatre femmes à la fois ; il les a épousées l'une après l'autre : mais le contrat de mariage de chacune portant une donation de tous les biens au dernier survivant, l'habile ex-jésuite a dépêché les quatre femmes au moyen d'une bière savamment préparée, de manière qu'il a recueilli les biens de toutes, à titre de survivant. Il avait eu soin de faire faire le même voyage aux parens de ses femmes, afin qu'à titre de survivantes elles eussent recueilli leurs successions avant que de recueillir lui-même la leur. Des événemens si prompts excitent l'attention des magistrats ; ils font visiter le cadavre de la quatrième femme, et la preuve du poison se trouve complète. Ce scélérat est exécuté dans le mois de février.

[40] Livré au Jongleur cruel, etc.

Jongleur ou autrement *serpent oiseleur* ; c'est un serpent auquel on attribue le pouvoir de la fascination.

[41] Les jésuites armés de scalpels assassins.

Cette opération honteuse qui ôte à l'homme et son sexe et

son énergie, est infligée par les jésuites à plusieurs de leurs élèves.

⁴² Livrent leurs faibles corps aux fouets des Flagellans.

En 1565, les jésuites établissent dans plusieurs villes d'Espagne des confréries de *Flagellans*, qui se fouettent aux processions les plus solennelles. Ils introduisent même cet usage parmi les femmes, de sorte qu'on voit à ces processions une troupe des plus jolies femmes à demi-nues, se discipliner indécemment le long des rues et dans les églises.

⁴³ Veut, d'une autre Suzanne, amant sexagénaire.....

En 1656, le père Maxuel est surpris avec une demoiselle, dans le coin à droite de l'église du collége de Rouen, en face de la chaire, et répondit aux témoins de son sacrilége : « C'est « la première fois ! c'est la première fois !»

⁴⁴ Le jésuite Biard livre le Canada.

C'est en 1613 que ce Biard livre le Canada aux Anglais de la Virginie.

⁴⁵ Et ces vils citoyens, prodigues de discours, etc.

En 1636, Philippe IV, roi d'Espagne, étant en guerre avec la France, demande des secours en argent à tous les religieux. On s'adresse d'abord aux jésuites, qui répondent qu'on commence par les autres communautés, et qui promettent de fournir à eux seuls autant que toutes les autres ensemble. Tous les religieux ayant contribué, quelques-uns même au-delà de leurs forces, on retourne aux jésuites qui proposent de donner trois avis par le moyen desquels sa majesté catholique pourra tirer plus de douze millions. Le comte d'Olivarès, qui croit déjà tenir de quoi fournir aux nécessités pressantes de l'état, le leur fait demander avec empressement ; ils disent : 1° qu'ils demandent sans aucun appointement toutes les chaires des universités pour y enseigner ; que le roi peut s'approprier et vendre les gages des professeurs qui se montent par an à plus de quatre cents mille ducats, et le fond à plus de huit millions. 2° Que le roi obtienne du pape la réduction du bréviaire au tiers de ce qu'il est ; que l'on imprime ensuite des bréviaires et diurnaux de nouvel usage, et que ceux qui voudront s'en servir paieront, en reconnaissance du plaisir qu'on leur aura fait d'abréger l'office, dix ducats pour le bréviaire et cinq ducats pour le diurnal, ce qui produira un fond plus considérable que le premier. Enfin, que sa majesté prenne tout l'argent des confréries ecclésiastiques, tant d'Espagne que des Indes, et qu'ils s'obligent d'acquitter toutes les messes.

[46] Humbles *coadjuteurs,* etc.

Les *coadjuteurs* forment avec les *scolastiques* ce qu'on peut appeler la valetaille de l'ordre, le peuple-jésuite.

[47] Auprès de Constantin, lui doit ouvrir les cieux.

On sait que Constantin est aussi un des saints du calendrier des jésuites.

[48] Du père des Bourbons il brûle l'effigie.

On lit dans les notes de la *Henriade* des détails très-curieux sur une cérémonie jésuitique, où de petites figures de cire, qui représentaient Henri IV, étaient percées à coup d'aiguilles et ensuite brûlées.

[49] De l'auguste victime ils réclament le cœur.

Une députation des jésuites se transporte au Louvre pour y demander le cœur du monarque ; ils l'obtiennent, et le portent chez eux dans ce même carrosse où ils l'ont fait percer.

⁵⁰ De son trône agrandi la fière Elisabeth, etc.

Plusieurs conspirations, ayant pour but de rétablir en Angleterre et en Ecosse les Stuart et le catholicisme, sont tramées contre Elisabeth qui sait les déjouer toutes.

⁵¹ Jacque, etc.

Il avait fait publier, à son avénement au trône, une proclamation par laquelle il bannissait les jésuites de son royaume; aussi est-il sur le point de succomber sous leur ressentiment. Trente-six barils de poudre à canon et autres matières combustibles, auxquelles on devait mettre le feu pendant l'assemblée, sont portés dans une cave, sous la grande salle du palais où le roi, la famille royale, et tous les états du royaume devaient s'assembler. Après cela, on devait passer au fil de l'épée tout le peuple, sans distinction de qualité, d'âge ni de sexe. Une lettre anonyme d'un des conjurés fait échouer cet conspiration exécrable.

⁵² . . . . . Lorsque le Ciel que ce crime outrageait, etc.

C'est encore au nom de la religion que ces forfaits auraient été commis. Plus tard, en 1685, Charles II, roi d'Angleterre, après avoir été longtemps l'esclave des jésuites est enfin la victime de leur odieuse politique. Ils l'empoisonnent le 16 février, pour faire monter sur le trône Jacques II, dévoué à la société, et si prompt à en remplir les vues, que deux ans après il est chassé de son royaume.

⁵³ Que du vil Jaureguy la barbare démence, etc.

En 1582, Jean Jaureguy, jeune homme de vingt à vingt-cinq attente le 18 mars à la vie du prince d'Orange, et se charge, *de sa propre volonté*, de ce meurtre, persuadé par un jésuite que, *sitôt qu'il aura fait le coup, soudain il sera porté en paradis par les anges qui lui ont déjà retenu sa place près Jésus-Christ, au-dessus de la vierge Marie*. Ce misérable, après s'être confessé et avoir reçu la communion, part aussitôt et se rend à la citadelle. Le prince allant de sa salle dans sa chambre, Jaureguy se glisse dans la foule, et lui tire un coup de pistolet. Le parricide est tué sur la place.

[54] **Cet exemple fatal à Pane suggéra, etc.**

En 1598, on arrête à Leyde Pierre Pane, qui, à l'exemple de Jaureguy, veut attenter à la vie de Maurice, fils du prince d'Orange. Ce forcené déclare qu'il n'a formé ce dessein qu'à la persuasion des jésuites; comme Jaureguy, il s'était confessé et avait communié *pour se préparer!*.....

En 1584, Guillaume de Nassau, aussi prince d'Orange, avait été assassiné à Delft par Balthasar Gérard, âgé de vingt-six à vingt-sept ans, encore à l'instigation des jésuites.

[55] **Plein d'un juste courroux, Sixte-Quint leur prescrit**
De ne profaner plus le nom de Jésus-Christ.

Sixte V veut réprimer les jésuites et leur défendre de porter le nom de *Jésuites*, leur permettant seulement celui d'*Ignaciens*, et disant que le nom de *Jésuites* appartient à tous les chrétiens et non à qui que ce soit en particulier. Ce pape devient leur ennemi, et peu s'en faut qu'ils ne le déclarent hérétique, parce qu'il prétend réformer leurs constitutions. Le P. Jean-François Suarès, d'Avignon, dit que dans une telle extrémité, la compagnie institue les litanies pour demander à Dieu du secours contre les réglemens de Sixte-Quint. Sur ces entrefaites, le pape meurt empoisonné par ces Pères, et de là est à Rome le proverbe : « *Nous aurons le siége vacant, les* « *jésuites disent leurs litanies.* »

56 Clément-Huit fulminait une bulle contre eux, etc.

C'est contre les erreurs de Molina que Clément VIII devait publier une bulle ; — il est empoisonné le 4 mars 1605.

57 Braver ouvertement le sage Innocent Dix.

En 1646, Innocent X., pour remédier aux abus intolérables de la société, publie une constitution pleine de sagesse et d'équité , à laquelle ce pape prétend que les jésuites soient tenus d'obéir tous, et pour toujours, sous peine d'excommunication. *Ipso facto*, les pères se soulèvent aussitôt contre lui.

58 Tantôt de Clément-Neuf leur fureur dérisoire, etc.

Toutes ces violences ont lieu à l'occasion de la bulle de Clément IX, qui commence par ce mot : *speculatores*, confirmée par deux bulles de Clément X.

— Voici le résumé très-succinct des attentats des jésuites anciens ; j'ai négligé une infinité d'assassinats, de vols, etc., etc., mais, en choisissant les crimes les plus saillans, et en les revêtant d'une couleur poétique , je pense que la partie de mon poème, où ils sont accumulés plutôt de manière à graduer les effets que par ordre de dates, remplira le but que je me suis proposé. Je dois la plus grande partie de ces détails au *Résumé de l'histoire des Jésuites, par M. Liskène ;* les détails qui suivront sur les jésuites modernes sont tirés des *mémoires d'un jeune Jésuite,* des ouvrages et des journaux du temps.

59 Et, stupide horloger, plus vil de règne en règne, etc.

Un journal jésuitique se plaignait dernièrement de ce que des espiègles de collége avaient rayé la devise loyoliste, barbouillée sur les murs d'un horloger qui, aujourd'hui dévôt, avait, sous la terreur, porté le bonnet rouge et trempé ses mains dans le sang des *chevaliers du poignard.*

⁶⁰ Par l'arrêt tout puissant du fier Ganganelli.

C'est Clément XIV.

⁶¹ Et son généreux chef expia sans retour, etc.

Joseph Iᵉʳ, roi de Portugal, mourut en 1777 ; l'expulsion des jésuites, la confiscation de leurs biens et la haine qui en résulta contre lui, avancèrent le terme de ses jours. Quelques années auparavant il avait été blessé de plusieurs coups de carabine dirigés contre lui dans une conspiration conduite par les RR. PP.

⁶³ La main d'un assassin , par Ignace affermie , etc.

L'attentat de Damiens.

⁶⁴ Le parlement, soudain s'éveille bondissant.

Voyez l'arrêt du parlement contre les jésuites, après la tentative de Damiens contre le dauphin.

⁶⁵ Vers les champs du Vénède et les neiges du Scythe, etc.

Après leur dispersion, occasionnée par le courageux effort de Clément XIV, les jésuites se réunirent en Prusse et en Russie ; quelques-uns se maintinrent secrètement en France, grâce à des seigneurs et à la plupart des évêques qui les protégeaient, et qui par-là donnaient au peuple l'exemple de la rébellion au prince. *Les pères de la foi* se formèrent autour des échafauds de la terreur, beaucoup de chouans et de vendéens étaient jésuites. Les jésuites profitèrent des malheurs de la révolution, et quand tous tremblaient, ils amassaient en silence.

⁶⁶ L'aigle le dédaigna, l'aigle tomba des cieux.

Bonaparte fit plus que de dédaigner les jésuites, il les chassa et fut victime de leurs trahisons ; les jésuites avaient tenté plusieurs fois d'assassiner Napoléon ; ils soutenaient Georges Cadoudal. Il y avait des jésuites dans les armées de Bonaparte, dans son ministère et jusque dans sa maison.

⁶⁷ Du Louvre et de Hartwel terminèrent la lutte.

Si l'on doit à Fouquet la trahison de Paris, le désordre de Waterloo fut en partie préparé par les intrigues des jésuites.

⁶⁸ Mais quant au roi de France, ils vinrent sous l'étole,
Du proscrit de Hartwel réclamer la parole.

Fontaine, Simpson et Clorivière, jésuites français, firent plusieurs voyages à Hartwel, et reçurent, dit-on, les promesses du roi de France. Sous la restauration, des évêques protégèrent les jésuites, et les jésuites eux-mêmes firent des démarches auprès de Louis XVIII, qui eut le bon esprit de les éconduire, toutes les fois qu'ils vinrent le presser de rétablir leur Ordre en France.

⁶⁹ Au pacificateur, en maint horrible écrit,
Prodiguèrent les noms d'Attila, d'Anté-Christ.

Les jésuites, et notamment le P. Boyer, traitèrent d'anté-Christ l'auteur de la Charte.

⁷⁰ Ils avaient, dans ces fers, immolé Bonaparte.

On dit que c'est par les conseils des jésuites d'Angleterre que Napoléon périt, victime d'une maladie lente, dont les causes échappèrent aux médecins même les plus habiles.

Et contre le pur sang de l'auteur de la Charte, etc.

On est porté à croire que les jésuites ne sont pas tout-à-fait innocens du meurtre du duc de Berry ; dès longtemps auparavant leurs prédictions funestes avaient épouvanté les Bourbons. « La religion, » disaient-ils (c'est-à-dire le rétablissement des jésuites), « peut seule conjurer l'orage populaire qui s'amasse de nouveau sur la famille des rois de France ; réintégrez la religion dans ses anciens droits, elle ressaisira sa puissance sur l'esprit du peuple, et la France sera sauvée. » Louis XVIII repoussa toujours leurs intrigues, et la mort du duc de Berry vint lui apprendre, «mais trop tard», disent les jésuites, qu'il avait eu tort de ne pas suivre leurs conseils. En partie néanmoins ils avaient réussi, et Louis XVIII effrayé de ce qu'on lui nommait « l'esprit du peuple », put fermer les yeux sur les actes d'une rigueur arbitraire que depuis l'on exerça quelquefois impunément. Enfin, et pour me servir d'une métaphore énergique de Félix Bodin, les jésuites savaient *combien le pouvoir peut tirer parti d'une robe sanglante*. L'instant de la mort du duc de Berry fut annoncé à Montrouge avec une rapidité effrayante. *Voyez* à ce sujet les *mémoires d'un jeune jésuite*.

7¹ Villèle, le premier, etc.

Voyez le *Rapport* de M. Girod de l'Ain, sur la proposition de M. Labbey de Pompières, où Villèle est accusé du rétablissement des jésuites en France.

7² De Phyngary, etc.

C'est la Phébé des orientaux.

[73] Dans leurs processions on vit des glaives nus !

Voyez les journaux du temps où sont consignés des détails curieux sur la procession de la Fête-Dieu à Breteuil ; consultez les mêmes journaux pour les faits qui précèdent et ceux qui suivent, ils sont trop récens et trop connus pour que j'en parle ici.

[74] . . . . . Des antiques trouvères.

Exigence de la rime, il fallait *troubadours*.

[75] Le cilice orgueilleux et l'antique amulette.

« Lescure lui-même fut superstitieux, il portait sur lui scapu-
« laire et chapelet. » Martial-Marcel de La Roche-Arnauld.

[76] Les Catons en surplis du mode mutuel, etc.

Caton *le censeur*, terminait toujours ses discours au sénat par cette doctrine : « *Et conseo denique delendam esse Car-*
« *thaginem.* » «Et enfin, je pense qu'il faut détruire Carthage.»

[77] De profanes désirs, nés de la nudité, etc.

On se rappelle sans doute cette épigramme que Boileau adressa autrefois aux jésuites :

« Sur le livre des flagellans, composé par mon frère le docteur de Sorbonne. »

« Non le livre des flagellans
« N'a jamais condamné, lisez-le bien, mes Pères,
« Ces rigidités salutaires,
« Que, pour ravir le Ciel, saintement violens,
« Exercent sur leurs corps tant de chrétiens austères.

« Il blâme seulement cet abus odieux,

    « D'étaler et d'offrir aux yeux

  « Ce que leur doit toujours cacher la bienséance ;

  « Et combat vivement la fausse piété

  « Qui, sous couleur d'éteindre en nous la volupté,

  « Par l'austérité même et par la pénitence

  « Sait allumer le feu de la lubricité. »

[78] Ici je lis ces mots : *Sucre spirituel.*

Je n'ai pas cru devoir faire des notes détaillées sur chacun de ces ouvrages, qu'assurément personne n'a envie de lire.

[80] A l'usage des clercs il a fait des chroniques.

Ces histoires sont sans nom d'auteur ; seulement on voit à la place ces quatre lettres fameuses : A. M. D. G.

[81] Oui les crimes heureux cessent d'être des crimes.

Voici le texte latin : c'est en 1759 que le père Mamaki la dicta à ses élèves au collége de Rouen ; depuis on en a dicté à Montrouge de plus pernicieux encore : «*Heroas faciunt quandoque crimina fortuna ; felix crimen desinit esse crimen.* « *Quem Gallia proboso nomine appellat prædonem, appellabit Alexandrum, modo fortuna sit felix ; ad arbitrium fortuna sontes facit et absolvit ; prospera, dat pretium crimini ;* « *adversa, adimit.* »

[82] Le clergé, etc.

Tout le monde a entendu parler des scènes touchantes que l'on a jouées dans les petits séminaires.

[83] . . . . . De Fortis frénétiques agens.

Le général Fortis, dit-on, vient de mourir.

[84] C'est le plus fier champion du parti loyoliste.

C'est M. de Clermont – Tonnerre , avec son « *etiam si* « *omnes, ego non.* »

[85] Vous tirez la révolte à cent mille exemplaires.

Le *Mémoire* des évêques a été tiré à cent mille exemplaires.

[86] Un imberbe curé qui priait l'Eternel.

L'abbé Blanc. *Voy*. les journaux de l'époque.

[87] . . . . Et la Charte est notre sauve-garde.

Tout cela a été dit de mille manières dans les ouvrages périodiques que les membres de l'*Association catholique* s'envoient depuis quelques mois.

[88] Et Félix, etc.

C'est Charles Félix, roi de Sardaigne.

[89] Transportons la jeunesse et l'argent de la France.

On sait que les Israélites emportèrent les vases d'or et d'argent des Egyptiens, lorsqu'ils émigrèrent.

[90] . . . . Déjà Nicolaï.

Je crois que c'est à Fribourg que M. de Nicolaï conduisit ses deux enfans, lorsque les deux fameuses ordonnances commencèrent à être exécutées.

[91] . . . . De ces mâles victimes.

A l'imitation des catholiques d'Irlande , le parti – prêtre veut former une grande *Association catholique*. On lui sai gré de l'intention ; elle est éminemment religieuse et française.

92 De son sein Albion naguère a repoussé
   Un corps d'ignaciens errant dans Gernesey.

Un arrêt du conseil royal prononça l'expulsion des jésuites qui voulaient s'établir dans Gernesey, sur la requête qu'en firent au roi les autorités du lieu.

93 Et le pouvoir rival d'un prêtre ou d'un Obi.

C'est une sorte de magicien, en Afrique, qui exerce beaucoup d'empire sur ses compatriotes, auxquels il dit la bonne aventure.

94 Ou le supplice enfin, que Valverde a subi.

Vincent de Valverde, fanatique espagnol, fut pris par des sauvages qui l'égorgèrent, le firent rôtir et le mangèrent comme un de ces pacifiques oiseaux que les jésuites nous ont rapportés des Indes. *Voyez les Incas.*

95 Aux accens du pivert, au bruit des chutes d'eau.

Châteaubriant, les Natchez.

96 D'où s'élance l'Indien perché sur son radeau.

On lit, dans la relation d'un voyage dans les Indes, que les naturels qui suivent, dans leur canot, le cours d'une rivière, loin de se détourner de certaines cascades, trouvent un plaisir extrême à s'élancer dans leur canot, avec l'immense colonne d'eau, de plusieurs centaines de pieds d'élévation.

97 Convertir le sauvage à la peau purpurine.

Voyez le dernier des Mohicans, par Fénimore Cooper. — Les Délawares se servent aussi d'une hache qu'ils nomment *Tomahauck.*

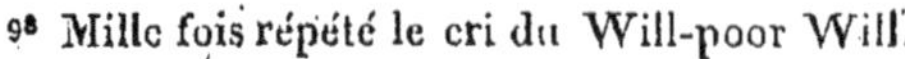

⁹⁸ Mille fois répété le cri du Will-poor Will.

Châteaubriant, les Natchez.

⁹⁹ L'esprit de la lumière, errant dans les nuages.

Tous ces détails de la mythologie orientale se trouvent dans T. Moore.

¹⁰⁰ Ceinte du lis humide, aux corolles d'azur.

Le lis d'eau.

¹⁰¹ Une vierge d'Yedz ornerait votre couche.

Un proverbe persan dit que pour être heureux, il faut avoir une femme d'Yedz, du pain d'Yezdécas et du vin de Schiras.

¹⁰² Les nomades enfans des climats de rocher.

Les climats du rocher, *les peuples du rocher*, se dit poétiquement pour l'Arabie-Pétrée.

FIN DES NOTES.